二十二画
你的名字

Shining for one thing

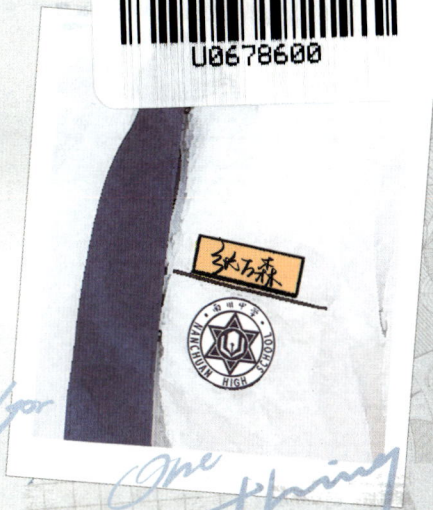

Shining for One thing

数星星的小森林　著

百花洲文艺出版社
BAIHUAZHOU LITERATURE AND ART PRESS

图书在版编目（CIP）数据

一闪一闪亮星星 / 数星星的小森林著 . —南昌：
百花洲文艺出版社，2024.1
ISBN 978-7-5500-5408-0

Ⅰ.①…… Ⅱ.①数… Ⅲ.①长篇小说—中国—当代
Ⅳ.①I247.5

中国国家版本馆 CIP 数据核字（2023）第 233141 号

一闪一闪亮星星
YI SHAN YI SHAN LIANG XINGXING

数星星的小森林　著

出 版 人	陈　波
出 品 人	李国靖
特约监制	大　俊
责任编辑	黄文尹　程昌敏
特约策划	大　俊
特约编辑	大　俊
封面设计	陈　飞
版式设计	陈　飞
封面绘图	张皓熙
内页绘图	魏文恬　丁　程　麻　团
营销支持	王亚青
出版发行	百花洲文艺出版社
社　　址	南昌市红谷滩区世贸路 898 号博能中心 I 期 A 座 20 楼
邮　　编	330038
经　　销	全国新华书店
印　　刷	三河市金元印装有限公司
开　　本	787mm×1092mm　1/32
印　　张	7.25
字　　数	193 千字
版　　次	2024 年 1 月第 1 版
印　　次	2024 年 1 月第 1 次印刷
书　　号	ISBN 978-7-5500-5408-0
定　　价	55.00 元

赣版权登字：05-2023-407

发行电话 0791-86895108
网　址　http://www.bhzwy.com
图书若有印装错误，影响阅读，可向承印厂联系调换。

目录
Contents

卷一 **山也有相逢**

1

Shining for one thing

张万森

林北星

星河流转

那些

没来得及

说再见的人

一定会再见

2010

2007

Shining for
One thing

山也有相逢

2021

高考结束啦，我要先回家了！

我在回家路上啦，希望我们以后能一起去北京。

高三啦！我一定要追到你！

我是张万森，你还记得我吗？高考结束了，祝你高考顺利。

还有一天就要高考了，今天物理卷我做得好，但我一定

我喜欢你。

明天要高考了，你要加油哦！

离高考还有3天，坚胜利，就像我对你的一样，我相信总有一能回过头看看我。

还有两天就要高考了，去一起去放松一下？据说今天动物园有烟火大会，你想去吗？

当一个人即将迈入三十岁的时候，陪你迎接崭新一天的是阳光呢，还是梦想呢？

不，相信我，只有闹钟。

我叫林北星，像这个城市的大部分人一样，起床，简单化妆，不吃早饭，挤上早高峰的公交车，然后卡着迟到的边缘线精准打卡上班。

我的生活就像闹钟准点响起一样，没有任何意外。

除了……

两周前，跟我谈了八年长跑式恋爱的男朋友展宇单方面取消了我们的婚礼。

"林北星，我不能跟你结婚了。"

说实话，那一刻我怀疑自己的耳朵坏掉了，要不就是他的脑袋坏掉了。接下来的时间里，我尝试用各种办法死缠烂打，就像高中那几年我不知疲倦地追着他跑一样。

但，展宇好像真的决心与我分开。

"林北星，你认清现实吧，我们已经分手了。"

展宇说得斩钉截铁。可我想不明白，为什么我们有那么多回忆，他却能说丢就丢，让这一切说回不去就回不去了呢？

想到这些，我就心烦得睡不着。

更可恨的是，不论你前一晚有多崩溃，多希望世界毁灭，第二天的太阳都照常从东边升起。天亮之后照样得起床、打卡、上班。

成年人的世界就是这样，连喘息疗伤的时间都没有。

而我，还是要奔向新的一天。

那些曾经没办法改变的事情，现在还是没有办法。

不是过了十八岁生日之后，我们就可以一夜之间变成超人的。

手机有新消息提示的声音，我摘下玩偶头套打开一看，展宇终于回我消息了。

我和展宇是高中同学，本来约好明天回学校拍结婚纪念视频的。之前我给他发了那么多条信息他都没回，还以为这次他想到我们的约定突然回心转意了呢。

结果，展宇说的是：你别再缠着我了，实话跟你说吧，我从来就没喜欢过你。

从来没喜欢过我。

唉，还不如不回呢！

我穿着笨重的玩偶服坐在椅子上，突然疲惫得一步也走不动，心想这糟糕得不能再糟的一天赶紧结束吧。

下了班不想回家，家里人还不知道这些事情。我实在不知道该怎么面对他们对这个即将被取消的婚礼狂轰滥炸般的关注。

一个人买了酒去海边散心，越散越郁闷。

我记得这里以前有座灯塔，后来记不清哪一年灯塔没了，晚上再来这边的时候，夜里的海面上就只剩下望不到边际的幽暗、静谧。

"展宇！你怎么可以这么对我！"

我对着海面大喊，心想最好可以把所有的烦心事统统丢进海里。

"愿者上钩。"

身后突然有一个中年男人的声音不徐不疾地回应了我。

我大惊，转头看见旁边不知什么时候多了个钓鱼的人，还文绉绉的。我心情不好，听不下去，只随口回了句："你说谁'愿者'呢？"

"失恋了吧。"

那声音突然离我很近，再次回头才发现那人竟然已经站在了我身

后。虽然有些吓人，但悲伤和气愤已经占据了我所有的理智，此刻根本顾不上害怕。

"哪有失恋那么简单啊。"

如果只是失恋就好了，我现在可是被动"失婚"。

"不属于你的，再怎么努力也像流沙，攥是攥不住的。"那人示意我看他桶里的鱼，"鱼儿逐浪而来，殊不知大海就在后面，这个桶，怎么能是它们的全世界呢？"

我下意识接话："全世界，在哪儿啊？"

"全世界在你的身后，在你的过去。"

我回头看向身后，除了静谧的大海，什么都没有。

再转回头时，那人已经消失了。

我以为是自己喝多了出现的幻觉，但旁边留下的鱼竿和水桶又在证明这一切都是真实发生过的。

回到家，意料之中地被我妈堵在门口一顿数落。

我爸想帮我，但遗憾的是他还没开口就失败了。这些年来，他俩虽谈不上相敬如宾，但绝对是完美组合，主打的就是一个负责讲话，一个负责听话。

回房间后，我一身疲惫地走到椅子前，还没来得及坐下，楼下小孩儿的纸飞机就顺着窗户飞进来砸在了我身上，最后拐弯飘到了桌角下。

我第一次不受控地朝楼下小孩儿发了火，其实喊完我就后悔了，他们这个年纪，本就该无忧无虑才对。我坐下，等自己慢慢冷静后，看了眼桌上的婚礼请柬，突然想明白了一些事。

或许，再糟糕的生活，也总会有转机吧。

机会要靠自己去争取！

我翻出高中时用的旧手机和校服，将它们摆好拍给展宇。

虽然还是想不明白他为什么突然就不想跟我结婚了，但我决定再给他，也给我最后一次机会——只要明天他来赴约，我就当什么都没有发生过。

如果还是不行，那就彻底说再见吧。

毕业十年，南川中学还是和从前一样，树枝茂密，蝉鸣阵阵。

我背着高中时的书包，身上穿着和路过学生一样的校服，再次踏进校门的那一刻，仿佛又回到了自己十八岁的夏天。

那时候总是想学大人模样，想要快点儿长大；真的长大了回头看才发现，十七八岁时才是自己闪着光，未来有无限可能的年纪。

我在之前约定好的花坛旁的台阶上坐下等展宇。从昨晚到现在，他还是没回我的消息，我无聊地拿出旧手机看自己当初给他发过的短信。那时的我，还真是恨不得一天给他发八百条啊……

最近一条是高考结束后发的：高考结束啦，我要先回家了！

我点开信息，手机屏幕却突然开始闪烁，再然后短信就莫名其妙被删掉了。

紧接着就是一场突如其来的大雨。

我慌忙起身，但，好像并没有被雨淋到。

一把黑色雨伞。

有人从身后帮我撑起了一把黑色雨伞。

我以为是展宇，回头却发现是一个不认识的男生。

雨太大，男生的校服湿了好几处。

我反复看了他几眼，确认是不相识的人。

"你是谁呀？"

他努努嘴，好像有话要跟我说。

但我等不及了，我看到展宇打着伞从台阶上下来，立马朝他跑了过去。

"我就知道你一定会来！你舍不得我的！"

"谁舍不得你？"

展宇让我不要自作多情，可他明明如我们约好的拍摄计划一样，

穿了高中校服。

"林北星，你不觉得自己很烦吗？"

展宇说完，便撑着伞头也不回地离开了。

还以为他回心转意了呢……

坐在回家的公交车上，我边生闷气边翻旧手机里的短信，当年的自己竟然跟展宇说：我在回家路上啦，希望我们以后能一起去北京。

我一气之下按了删除键。

谁爱去谁去吧，再也不见！

一声雷鸣，窗外又下起了大雨，我惊讶地转头，心想今天这天气也太奇怪了。玻璃映出坐我后排的男生的脸，看上去有些眼熟。

我回头，想起来是刚刚帮我撑伞的那个男生。

"是你呀！刚才谢谢你帮我撑伞。"

他看上去有些蒙蒙的，估计上一天学累坏了。本来我还想劝解他两句，上学得劳逸结合，反正毕业以后大家有的是烦心事和辛苦，但公交车很快就到站了。

我起身下车，他拦住我，把雨伞递给我："雨大，你拿着吧。"

"谢谢。"

我下车撑着伞慢慢往回走。

可能因为今天经历的一切太过错乱，我突然想起那个钓鱼人说的话：全世界在你的身后，在你的过去。

我又一次回头，雨中除了行色匆匆的路人和潮湿的街道，依旧什么都没有。

回到家，电视机里正播着新闻，我隐约听到了"高考"两个字，这个时间是不应该有高考新闻的。但我太累了，懒得细想，回房间后栽到床上倒头就睡。

手机一直有新消息提示，我也懒得起来看。

这时候就算有天大的事，也拦不住我睡觉。

睡一觉就好了。

这个世界上，没什么事是好好睡一觉解决不了的。

一觉睡了个天昏地暗，最后被藤藤的来电吵醒。

藤藤是我的高中好友，打电话来问我婚礼的事，顺便让我和她一起去参加高中同学聚会。

婚礼的事我不想讲，同学聚会也不太想去。

我随手点开同学群里的毕业合影，上面那个最显眼的穿着长袍大褂的就是藤藤正在说的相声大师杨超洋。还有一个人也很抢眼，整个年级那么多人，只有他是侧着脸的。我放大了仔细看，这人跟我下午见到的那个男生长得很像，确切来说，是一模一样。

张万森？

我问藤藤："你还记不记得张万森是谁？"

"好像是咱们那一届的，还是年级第一呢。"

这也太巧了。

我没听完藤藤的话便急匆匆出去找我带回来的那把黑色雨伞。

雨伞不见了。

我问我哥，他正在客厅看纪录片，闻言回道："伞？什么伞？大晴天哪儿来的伞？睡迷糊了吧你。"

不是雨天，是晴天。

可我明明记得下雨了，还有，那个男生给我递了一把伞。

但是现在，雨伞真的不见了。

我哥去厨房给正在煮的面里加鸡蛋，扭头让我帮他把电视暂停。我心不在焉地走过去，听到里面正在说着：通过时间旅行，真的可以回到过去吗？在广义的时空相对论中，回到过去几乎是不可能的，然而通过解相对论方程，发现存在一种解。如果今天我们从这种结构类似虫洞的闭环出发，就可以回到昨天，或者更遥远的过去……

所以，我们真的可以回到过去吗？

敲门声响起，展宇来还我之前落在他家的东西。我憋着气，问他下午干吗不一起给我。

"什么下午？"

我嘲讽展宇又在装糊涂，但他却反过来说我装傻，因为毕业的时候他就已经把校服扔了。

"你放心，我不会再犯傻了，你也不要再自以为是……"

闻言，展宇轻飘飘扔下一句"你明白就好"，然后转身就走，我也一把关上了门。

我哥以为我在闹脾气，念叨着说我都是快结婚的人了。

还结什么婚啊。

我心想，展宇不和我结婚了。

心烦意乱。

我哥给我煮了满满当当一碗面，结果我端在手里一口也吃不下。

回屋后我越想越气，展宇这个骗子，明明都去学校了还装作什么都没发生过一样！

可是，以展宇的性格，好像没必要在这种事情上跟我撒谎。

还有那个男生，那个和张万森长得一模一样的男生，我确定自己下午见到他了。

难道我真的……回到过去了？

我反复回忆今天的每一处细节，校服、手机、雨伞、短信、反复无常的天气、遇到两次的张万森……

我猛然间反应过来，是短信！

两次下雨前我都在删短信。

虽然嘴上还在坚持说着不可能，但我的手已经不自觉地拿起旧手机，删掉了里面最近的一条短信：明天要高考了，你要加油哦！

再次睁眼——南川中学的夏天，晴空万里。

不远处，走廊里有老师在喊"'01'号考生"。

我睁大眼睛揉了揉脸，还是不敢相信，我真的回到高中，回到十八岁了！

我的人生，要从这一刻重启了！

临近黄昏，学校外挂满了"高考加油"的横幅，我沿着江边集市一路走回家，影碟机、色彩缤纷的水果摊……路边小店里播放的都是2010年的流行歌曲。

江边落日的景象在我眼前绚丽地展开，我开心得简直要飞起来了。

否极泰来。

果然人倒霉到了一定程度，命运就会给他打开新的窗户。

家里也和从前一样，阳光明媚，温馨，舒服。

我狠狠撕掉墙上那些展宇的照片，想趁此机会把这个人生污点消除掉。

拜拜吧，展宇！拜拜吧，糟糕的一切！

原来中了人生头彩的感觉，这么痛快！

下午爸妈回来，我先是抱着我妈一顿猛夸，接着赶紧提醒我爸去买房，最好能买个十套八套的。但说到钱……我妈一个眼神，我爸便心领神会地上交了他的工资。我妈吐槽他不上进，他也只是笑笑。我爸向来觉得一家人在一起平平安安就好。

买房看样子是没一点儿可能了，我难免有些失落。

我妈突然话锋一转，喊我说："你没事了？不用复习，明天不高考了吗？"

高考？高考？！

谁家孩子这么倒霉穿越直奔高考来的呀！而且我都考过一次了！一个人经历一次高考就已经够惨的了，我真的不想再经历第二次了！

高考当日，我不管怎么挣扎耍赖，还是被爸妈架着"丢"进了考场。

拿到试卷后，我来回翻看，果真一道题都不会。

在考场上稀里糊涂地睡了两天，最后一科考试结束，窗外阴沉沉地下起了大雨。

走出考场，我像被高考狠狠揍了一顿似的，疲惫地坐在车站等公交车。

雨越下越大，视线也跟着暗了下来。

有人站在我旁边收起一把黑色雨伞，我扭头，看到他校牌上的名字——张万森。

"张万森?！你是张万森！"

我激动地站起来，凑近了抓住他的校牌，仰脸看他，确认了他就是我之前那两次遇到的男生。

这也太巧了！

我和这个年级第一还蛮有缘分的。

张万森有些不知所措地攥了下衣角，身子顺着我的动作往后退了些，靠在站牌上小幅度频频点头。

他好像被我吓到了。

也是，人家都不认识我。

我赶紧把手从他校牌上拿开，解释道："不好意思啊，我太激动了，没吓到你吧？"

张万森轻轻摇头："没事。"

我笑着解释说刚高考完，想沾沾他第一名的运气。

张万森有些乖巧地低头笑笑，笑容浅浅的，带些害羞。

他有些不好意思地说："我，其实……"

说话的工夫，公交车进站了。

没等他把话说完，我便邀请他："11 路来了，咱们走吧。"

张万森疑惑道："你怎么知道我坐 11 路？"

我说："咱俩见过几面，你可能不记得我了，但我记得你。"

他又低头笑了。

我没带伞，手挡在额前三两步跑上车去，张万森跟在我的身后。

上车后，我们还是在之前那个靠窗的位置一前一后坐下。豆大的雨滴落在玻璃上，车上很安静，除了自动报站的声音，就只剩下了淅

淅淅沥沥的雨声。

到家的时候我妈刚做好饭，她问我考得怎么样，我没敢说，要是说了，可能今晚一家人都愁得吃不下饭。还以为斩断了情丝就可以拯救未来呢，这下好了，高考考砸了，哪还有什么未来。

回房间后我关上门，心想，不行，我得回去。

我试着用高考后所剩不多的脑细胞推理——来的时候是删除了2010年的短信，那回去的时候删除 2021 年的短信不就行了？

可是，现在哪里有 2021 年的短信啊！

我赶忙拿出手机搜索：如何结束穿越？

手机页面一直显示正在加载，可恶的 2G 网。等了半天它依然没有信号，我把手机扔在床上，垂头丧气地坐下。

紧接着，我从书桌前醒来。

煮好的面被我不小心扫到地上，撒了一地，碗也碎了。

我回来了。

感觉像是做了一场很长很长的梦，醒来之后已经分不清哪边是现实，哪边是梦境。

眼前又变回了原来的样子，仿佛什么都没有改变。

我找我哥要了他之前看的纪录片，接着上次被打断的地方继续看了起来。画面里宇宙空间重叠、爆炸、撕裂，裂开的星尘碎片形成万千流星，瞬间铺满了宇宙，割裂成无数个空间。

纪录片接着说：如果今天，我们从这种类似虫洞的闭环出发，可以回到昨天，或者更遥远的过去，但是人类能够打开虫洞的可能性微乎其微，大多数声称自己回到过去的旅行者，并非进入了虫洞闭环，而是进入了平行宇宙的分裂之中，每个时空都在进行，彼此不会互相影响或改变。

原来我不是回到过去，而是去了另一个新的时空，怪不得什么都没改变。

展宇又来提醒我早点儿告诉家人和同学婚礼取消的事。

我长叹一口气，心想，就算有机会去了新的时空又怎么样呢，现实世界里，我糟糕的生活依旧没有任何转机和改变。

如果，我还想要拥有自己的人生，是不是只能重新活一次？

晚上，我一个人心里乱乱的，睡不着，新闻弹窗给我推送"高考状元现状"。我盯着看了很久，突然觉得那个可以帮我改变人生的机会，又有了。

我搜到了2010年南川市高考考题的答案——再来一次，人生这张试卷，我一定能拿满分！

第二天我起得很早，爸妈在餐桌对面兴致勃勃地聊着些什么，我一心只想赶快背完手里的答案，除了他们特别强调的"婚礼、报纸、高考、灯塔、粉色头绳"这些关键词，其他的我一句也没听清。

废寝忘食，才是通往成功的必经之路。

晚上背题背得太晚，第二天早上我再一次被园长一通电话给劈头盖脸地骂醒，本来着急忙慌想要赶去上班，结果园长给我的最后时限从十分钟变成了五分钟。

五分钟？我就是飞也飞不过去。

我自暴自弃地坐下，转眼看到桌上的试题答案，心想，反正我都已经背完了，回去总比在这儿等着被开除强。

我又一次拿起手机，删掉了短信：还有一天就要高考了，今天物理卷我做得不太好，但我一定会加油的。

这一次，是高三教室。

果然回来了，我心里窃喜，赶紧拿出笔纸来记下高考答案。

藤藤帮我领了物理试卷后回来安慰我，我着急记答案，随便敷衍了两句，没跟她多说。后来她又问我是不是因为昨天跟展宇表白失败了心情不好，我这才停下笔问她："我昨天表白了？"

藤藤点头。

实在不想承认这事是我干的。

"失败了就失败吧，"我说，"一个男人而已，我还有更重要的事情要做。"

藤藤坚持要安慰我，我急忙反向安慰把她哄走，再这么聊下去，我就真不记得接下来的答案是什么了。

学校广播开始提醒高三年级学生到教学楼前集合拍毕业合影。我一口气写完答案才心满意足地放下笔，扭头看向窗外的时候，张万森刚好抬手看着手表从对面楼道经过。

真是对不起了弟弟。

我忍不住笑着想，你的年级第一要归我了。

教学楼前已经站了不少人，年级主任高光明正拿着个大喇叭来回走着整队。

高光明这个名字加上他不太招人喜欢的年级主任的身份，学生私下都叫他"光明顶"。

毕业照拍得热热闹闹。

班上有个叫杨超洋的穿了秋季校服，被"光明顶"点名让他脱下，脱下后大家才发现他里面穿的是件长袍大褂。我笑着回头看，原来这就是那位相声大师啊。

耳边充斥着杂乱的讲话声，从毕业后，我的生活已经很久没这样热闹过。

真好，十八岁真好。

有人推了展宇一把，他从身后撞了我一下，其他人跟着起哄。

我嫌弃，幼稚。

这一闹，好不容易才从我们班队伍前走开的"光明顶"又拿着喇叭回来了，对着我们一顿批评教育。

我不服："又不是只有我们一个班在吵，干吗只说我们？学习不好怎么了，不就是高考吗，有什么了不起的！"

反正高考答案我都有了。

"光明顶"觉得我在吹牛，让我跟大家分享备考经验。我也没客气，接过喇叭，毫不吝啬地把高考作文题目分享了出去："今年的作文题目就是……'乌鸦喝水'。"

独乐乐不如众乐乐。

很快，我就又一次坐在了熟悉的考场上。

这一次，试卷上每一道题目看上去都是那么亲切和熟悉，我甚至做了我曾经做梦都不敢想的事——提前交卷，第一个走出高考考场。

开挂升级打怪的体验值，果然满分。

高考结束，南川又准时下起了大雨。

而我，还是一样出门不记得带雨伞。

一路小跑着上了公交车，我下意识往靠窗的位置看了一眼，那里坐着的不是我认识的那个人。我挤到了车子中间，脚下还没站稳，一个急刹车，我就顺着惯性往旁边倒了过去。

有人接住了我。

在我即将倒下去的那一刻，张万森接住了我。

车窗外大雨倾盆，很快落成了雨幕。

"好巧哇。"

我重新站好跟他道了谢。

"没事。"

张万森别过脸去不看我，感觉跟我有些陌生。

也是，现在的他还不认识我。

但他一定听到了那天下午我分享的高考作文题目，我得意扬扬地凑近了问他："准不准？"

"啊？"

张万森愣了一下，表情略显疑惑。

"'啊'什么'啊'？"我压抑住心里的骄傲，仰起脸来笑着说，"刚考完试，作文题目，一个字不差吧？"

张万森笑着点点头。

这人每次笑起来都挺腼腆的。

接着，我开始畅想美好未来，张万森在旁边安静听着。

我想起来张万森才是那个货真价实的年级第一，于是扭头问他："你是不是经常上台演讲啊？"

张万森点头："还，挺经常的。"

谦虚了。

我想让张万森帮我写优秀学生代表的发言稿，张万森转移话题，默默向后走去，说："有座了。"

我追着他，一路上软磨硬泡，结果直到我下车回家，张万森都没答应我。不过他也没拒绝。我心想，没关系，还有一个暑假的时间呢，我们来日方长。

一路开心地跑着，回到家，想跟我妈要一顿"土瓜瓜"作为奖励，我妈嘴上嫌弃，但还是看了眼时间，说："六点半了，你爸还不回来，等你爸回来再说。"

我坐在沙发上拿出手机打发时间，班级群里消息的提醒声嘀嘀响个不停，大家像是要把憋了三年没说的话一口气全都说完一样。

我盯着屏幕"潜水"看热闹，突然有人说：灯塔那边出事了。

我还没看到是什么事，就被我爸的来电提醒打断了。

再醒来，是被我妈叫醒的。

还以为是我爸回来了她要叫我吃饭，结果却是叫我上班。

反应过来才发现我失败了，我又回到了现实世界。

到单位，园长例会正开了一半，我本想偷偷溜进去坐下，结果不小心绊到了投影插线，墙上园长还在展示的国宝大熊猫和南非动物也跟着消失了。人倒霉的时候一定会有更倒霉的事发生。

"林北星，你在挑战我的底线！"

迟到还打断人发言，换了我，我也生气。我不敢说话，心虚地笑笑，赶紧坐下认真听会。

投影重新连好，园长继续发言，说这两年园里经济效益不好，他准备策划一场复古的烟火大会来拉动效益。我看了眼墙上的资料照片——十年前那场烟火大会我也在，为了追展宇。

那天，我本来是准备跟他表白的。我给他买了礼物，还赢了烟火大会比赛第一名，想站在台上唱歌给他听，结果展宇说丢人，留下我一个人走了。

这么一想，展宇确实一直都没有特别喜欢过我。

我正陷进回忆里走神儿，旁边同事撞了我一下，我下意识站起来答"到"，就这样莫名其妙接过了烟火大会策划案的活儿。

一个在被开除边缘疯狂试探的打工人是没资格拒绝工作的。

回到工位，我像模像样地新建了一个文件，结果只敲下"烟火大会策划案"这七个字之后，便再没了下一步。

怎么就突然回来了呢？我盯着屏幕思考。想起来纪录片里说：*每个时空都在进行着，彼此却并不相关，但这段旅程也极有可能在某个时间点上戛然而止。*

戛然而止？

我回忆之前发生的事，渐渐明白了一些规律——每次"旅程"结束的时间都是高考后。

难道我好不容易开始的新生活，就只能结束在高考之后？

思绪被突然打断，展宇又发来消息说已经取消了饭店和蜜月旅行。

我心烦意乱地翻出包里准备了好久的蜜月旅行攻略，一股脑儿撕碎扔进了垃圾桶。

此刻，我只想逃离这糟糕的现实生活，逃得远远的再也不回来。

我又一次拿起手机，删掉短信：*还有两天就高考了，我们一起去放松一下？据说今天动物园有烟火大会，你想去吗？*

我回到了十年前的那场烟火大会。

倒霉的是，这次一睁眼就看到展宇冷着一张臭脸跟我说："我不要。"

我被他噎得打了个嗝，缓过神来才开口朝他喊话："我还不想送了呢！"

手里的礼物被我往后用力一扔，反正输什么都不能输了气势。

这么想着，心里刚舒坦一点儿，不知道从哪儿来的一个水球就砸在我身上，炸开了巨大一团水花。

"谁呀！"

我喊完，张万森就说着"对不起"朝我跑了过来。

他看上去有些紧张地站我跟前："我不是故意的。"

不是故意的，手里却还藏着一个水球，骗谁呢。

"你……"

我话没说完，又一个水球朝这边砸了过来，被张万森挡在我身前拦住了。

他好像很怕我生气，眼神闪躲地问我要不要换个地方擦一下。

"不用了，扯平了。"说完我自己一个人离开。

其实我也没有在生张万森的气，我只是有些烦闷。

第二天上学路上遇到藤藤，她一路追着我，询问我和展宇的感情进展，其间展宇这个当事人还在路过时对我冷嘲热讽了两句。

藤藤以为我们在闹矛盾，试图帮我跟展宇和好，但被我拒绝了。好不容易才回来，现在我想为自己活一次，珍惜高考，重新做人。

接下来两天的高考对我来说已经是轻车熟路了，考试本身丝毫掀不起我内心的波澜，我唯一的希望是这次考试结束之后可千万别再把我送回去了。

我坐在公交车上看着窗外的雨虔诚祈祷。

张万森不知什么时候坐在了我身后，手指轻轻戳戳我的肩膀。

我回头，他"哎"了一声，然后一字一句像小学生进行课堂分享一样，认真又缓慢地说："对不起，那天我不是故意的，你，你没感冒吧？"

说完他甚至不好意思直视我。

看来那天我……是真的很凶吧。

我尽量语气客气一些，说："不都说扯平了吗，干吗还道歉哪？"

他这才"哦"一声放下心来，准备戴上耳机。余光里，我看见他用的是 MP4，十年前很流行。

我有些感慨："哇，你这老古董了吧。"

"古董？"

刚考完试的我没力气跟他多做解释，直接戴上他另一只耳机，闭上眼睛听了起来。耳机里传出一首英文歌，旋律很好听，一颗悬着的心也跟着慢慢放松下来。

我记得上次也是高考后的雨天，也是和张万森一起，安静地在这个靠窗的座位一前一后坐着。

回家后发现家里没人，我坐在沙发上，忐忑地等待着命运的定夺。

上次一切结束在六点半——还有五分钟。

我闭上眼睛听着黑暗里时钟嘀嗒转动的声音，头一次觉得时间这么漫长难熬。

幸运的是，我成功了。

睁开眼，时间已经超过了三分钟，我留下来了！

命运还是偏爱我的。

我松了口气，躺在沙发上开心地回复班级群里的消息，然后那条灯塔那里出事的消息又出现了：好像是 1 班的张万森，他从灯塔上跳下去了。

第二章：
张万森，能看到
十年后的事吗？

我又回到了现实世界。

"烟火大会策划案"依旧只有一个标题。园长发来新的资料，我心烦意乱地点开，却无意间在照片里看到了张万森。

张万森？

我慢慢回忆起那条说张万森好像跳塔了的消息，以及之前我妈提起的当年南川中学有个男生高考后跳塔的事。太多信息重叠在一起，让我不得不开始怀疑那个跳塔的人就是张万森。

可是，为什么呢？明明高考之后我们还一起坐公交车回家，他看上去一点儿也不像接下来就要去跳塔自杀的人。

微信有新消息提醒，我瞥了一眼，是我妈在群里发了好多婚纱的图片，让大家一起挑选。她还不知道我已经被单方面取消了婚约的事，正满怀欣喜地期待着风风光光送女儿出嫁。

看他们这么开心，我更难过了，如果结婚只是我自己一个人的事情就好了，那样的话，不结就不结，也没什么大不了的。可现在还有家人对我的关心和期待，接下来我真不知道该怎么面对他们的失望和难过。

不行，我还是得回去。我不能让现实世界里糟糕的一切再发生。

我低头，删掉短信：离高考还有 3 天，坚持就是胜利，就像我对你的感情一样，我相信总有一天你会回过头来看我。

我回来了。这次我一定要弄清楚结束"旅程"的开关到底是什么。

我推门回家后第一件事，就是跟我妈确认我现在是不是高三，我妈正在做饭，懒得回答，只是让我出门买个卤猪蹄，讨个金榜题名的彩头。

确认完是高三，我松了口气。我买好东西往回走，刚过街口拐角，就被一个人拽住手腕疯狂往前跑。

是张万森。

我根本来不及反应和思考，只能努力跟上他的脚步，手里的袋子在风中哗啦啦作响。

好不容易停下，我挣开张万森的手问他："刚刚干吗拽着我就跑哇？害得我可乐都掉了。"

张万森"啊"一声，转头避开我的视线。

我不开心，继续说："上次见面，拿水球砸我。我怎么每次见你都这么倒霉啊？"

"水球？"张万森这才扭过头来看我，疑惑道，"什么水球？"

他们好学生听话真的很会抓重点。我成功被张万森带偏了，想着水球好像是后天的事，这会儿我确实冤枉了他。

一圈想下来，怒气也消得差不多了。

我问他为什么拽着我就跑，张万森抿嘴，转着眼睛有些支支吾吾地说他去网吧上网，结果高光明突然来了。

我信了，忍不住吐槽道："你是不是傻呀，快高考了，高光明恨不得天天在网吧里蹲着，你还往枪口上撞。"

张万森点头偷笑，被我看到了。

真是傻而不自知，有点儿可爱。

我突然一点儿都不生气了，笑着凑近了问："你们好学生也去网吧呀？"

小心思被我戳穿，张万森忍着笑意"嗯"了一声后转移话题："时候不早了，该回家了……要送你回去吗？"

"不用，就两步路的事，我走了。"

结果我刚走没几步，又想起他高考后跳塔的事，心想以后也不知

道能不能再见面了，于是又折回来跟他说了句"多保重"。

张万森一定觉得我莫名其妙，但再多的我也不方便说，毕竟"天机"不可泄露。

我猛然发现自己已经快把答案忘光了，果然人上了年纪记忆力就是不行。

课间教室里闹哄哄的，我捂着耳朵专心背答案。藤藤来找我聊天，我顾不上接茬儿，尤其是她还不停地提起展宇，我瞥了眼讲台前正跟人聊天的他，更是气不打一处来。

"就这自恋狂，谁想跟他和解，我才不在乎呢。"

我回来是为了成为高考状元，改变人生的。

展宇好像听到了我说的话，走过来一只手撑在我桌上打断我说："林北星，我不知道你在想什么，但如果你想换种方式来引起我的注意的话，还是算了吧。因为无论你做什么，我根本不感兴趣。"

我惊呆了，这人到底哪儿来的自信啊！

本来还想着快高考了，再忍他两天就再也不见的，结果他找事，我不得不反击回去："你怎么就觉得我会围着你转啊？"

展宇用阴阳怪气的语气道："哟，有新目标了，人家理你吗？"

藤藤拉我，我索性直接顺着之前的话说了下去："我有新的目标了，全年级第一，比他强多了。"

"张万森？"

藤藤也知道张万森。她问我和张万森什么时候认识的。我有些心虚，可展宇在后面持续泼冷水，我只能继续装下去。直到后来藤藤让我带张万森一起去烟火大会，我才知道自己这牛皮吹大了。

一把年纪了，逞什么能啊。

我在烟火大会入口处徘徊，心想估计人家张万森都不知道我是谁吧。唉，除非现在有奇迹发生，不然我就等着一会儿被展宇看笑话吧。

我叹了口气准备进去直面现实，结果一转身，奇迹真的发生了。

张万森就在我身后不远处的地方站着四处张望，我惊喜地朝他飞奔过去。张万森看到了我，却故意背过身去。

"张万森！"我喊住他，"你在这儿干什么？"

"我……"张万森犹犹豫豫，一只手抓着书包背带，乖乖地小声说，"我吃饱了，散散步。"

既然是散步，那我可就不客气了。

"一个人多无聊啊，我陪你一起吧。"

张万森说"好"。我下意识抓住他的书包，生怕他跑了。

藤藤从后面叫我，展宇在她旁边板着脸，好像只要是面对我，展宇就无时无刻不摆着一张臭脸。

他们应该也没想到我真的把张万森带来了，藤藤热情地跟他打招呼，张万森简单地点了个头，然后跟我说："走吧。"

四个人分两队各走各的，张万森跟他们不熟，我也不想搭理展宇。我准备送张万森一个礼物，怎么说他今天也是帮了我。

我和他站在玩具摊前，张万森选了一个狐狸面具，我拿了旁边的兔子。和张万森抢着结账的时候，又遇到了阴阳怪气的展宇。

我听得生气，没理他。

旁边有人在打水仗，藤藤提议去看，展宇则要直接上场打，走的时候还不忘挖苦我一句："就怕有人拖后腿。"

一晚上，他就像吃了枪药一样处处针对我。

"我们去吗？"张万森问我。

我气鼓鼓地说："去！"

张万森去买水球，我在旁边等着。展宇跟人打得不亦乐乎，我看不过去，惹别人生气了自己还那么开心，凭什么？！

水球买回来后，我接了过来，第一个球就朝展宇砸了过去。他停下来喊我砸错了，继而转身继续玩。我看他开心就不爽，继续向他砸水球，结果他不小心栽倒在旁边的水池里，浑身湿淋淋地站了起来。

开始我还觉得很好笑，直到展宇朝我歇斯底里地大喊了一句："林

北星，为什么你每一次都可以让我这么丢人哪！"

这一秒，世界好像静止了，我的笑容也不见了。

原来无论在哪个时空里，展宇都觉得我是让他丢人的那一个。

我失魂落魄地走开，最后是张万森找到了坐在角落里的我。

我对他说："不用管我，你去玩吧，我就想一个人坐会儿。"

张万森却没走，他坐在一边安静地陪我。

夏天的夜晚，星星格外闪亮。

我提不起精神，他也跟着叹气。

时间从我们两个人身边静静流过。

张万森提议道："你想去坐摩天轮吗？"

我想了下，点头答应。

以前都不知道，原来站在城市上空往下看，夜里南川的万家灯火就像是流动的星河。

我和张万森手里拿着刚才选的兔子和狐狸面具面对面坐着，我问他："我是不是挺让人讨厌的呀？害得你今天这么扫兴，也没玩好，确实挺讨人厌的。"

我勉强笑着，装出无所谓的样子。

张万森问："干吗这样说？"

"没什么。"我想着展宇刚才的歇斯底里，说，"你以后要是谈恋爱的话，一定不要一直追着那个人跑，总是追着她跑，会给她造成负担，成为她的累赘，就像我这样。"

张万森听完很沉默。这一刻，我也不知道他在想什么。

像他这样优秀的人，应该也很难跟我感同身受吧。

准点燃起的烟花在张万森身后绽放，我扭头看向窗外，虽然今天是很悲伤的一天，但烟花绽放在寂静夜空，那么美。

"张万森，"我问他，"如果有个机会可以让你的人生重新开始，你愿意接受吗？"

张万森低头，而后又扭头看外面的烟花，最后笑着轻轻摇头。

他不愿意。

我有一点儿为他感到开心，起码说明他的人生没有遗憾，很幸福。

玻璃窗外烟花绚烂绽放，整个夜空都被它渲染上了浪漫的彩色。如果时间可以在最幸福的时候定格，如果烦恼可以转瞬即逝，不会在我们的人生中留下任何痕迹，该有多好。

拍毕业照这天，集体合影结束后，大家都在找自己的朋友单独合影，我远远看到了张万森一个人走在成群结队的人群里，像是在寻找什么一样不停回头。

我看着他，想起了昨晚一起在摩天轮里看过的烟火，心想，现在的我们，应该也算是朋友了吧。

我跑着追了上去，他停下看我，显得有些意外。

我问他："怎么不拍照哇？"

张万森回头看向教学楼，说："拍了呀。"

我知道他说的是年级合影。

"刚才那个不算，咱们俩合张影吧。"

后天就要高考了，高考结束之后也不知道会不会再次回去。

这样想着，我打开相机，踮脚伸手才够到张万森的肩。张万森很配合，弯下腰跟我一起凑到镜头前。

"来，笑一个。"

镜头里的张万森笑得很腼腆，跟他之前一样，嘴角的弧度很收敛，但能看得出来，笑容都藏在他的眼睛里。

我边走边看我们的合影，想起高考后跳塔的信息，折回来提醒他："张万森，高考结束以后，马上回家，不要去什么灯塔，记住了。"

"嗯。"他很认真地回应，我这才放心离开。

只能帮他到这儿了，希望这位朋友接下来可以平平安安吧。

晚上只有我和我妈两个人在家吃饭，我担心高考后自己还会回去

的事，她在担心我哥已经几天没回家了，也不知道在外面忙什么。

我们两个人都挺无精打采的，但我还是安慰我妈说真没必要担心我哥，她不知道的是，这个暑假之后我哥就脱胎换骨了。真的，后来的林大海就像完全变了个人一样，踏实稳重。

我不安地盯着手机。

很快，群里那个消息又来了，我又一次回到了现实世界。

好像是 1 班的张万森，他从灯塔上跳下去了。

每一次时空穿越都结束在张万森跳塔的时刻。

原来这一切都是因为张万森。

我终于知道了时空穿越结束的开关在哪里，但再次删除短信的时候，我却已经回不去了。

还以为自己得到了命运的偏爱，结果最后还是什么都没有改变。

我心里烦闷，去海边散心，又遇到了上次那个钓鱼的人。

我跟他说："说出来您可能不信，我最近去了另一个世界，那里的一切跟我的过去一模一样。我感觉好像是在做梦，然后总是会被一个人的死唤醒。我最近又做不了那个梦了，是真是假我也分不清，我是不是疯了？"

我没开玩笑，我是真觉得自己疯了。

他告诉我："真真假假，虚虚实实，都是世界奥妙所在。你经历过的，只是你过去和未来的片段，都是在对的时候，光临到你的脑海。别担心，常钓钓鱼就好了。"

这人说话还是如此神秘。

我问他："您是不是知道些什么呀？"

他说："你的事情我怎么知道。以后这块礁石就让给你了。有缘再见。"

那人离开以后，我一个人在海边站了很久，直到太阳完全落山。

我妈打电话来催我去试婚纱，我刚想跟她解释婚礼取消的事，她就挂了电话。紧接着园长的电话也打了过来，劈头盖脸把我臭骂一顿，还说我被正式辞退了。再然后展宇在群里说晚上要给大家介绍他的新女朋友。藤藤也回国了，约我晚上见一面，说有话要跟我说。

有时候，当你想安静地消失一会儿的时候，仿佛全世界都知道了，偏要在这个时候找上你。

我拿着那人留在岸边的鱼竿赴约，本来想跟藤藤解释下我和展宇最近发生的事，劝她不用帮我打抱不平，结果话说一半，展宇也来了。我装作不在意地解释说就是过来看看他的新女朋友，顺便送上祝福。

"那你见到了。"

那一瞬间，我觉得自己好像失聪了。

反应过来后，再看向他们两个人的时候，有些恶心，生理上的。

"你们，什么时候的事呀？有一句话叫什么？哎呀，太难听了，算了，不说了。那你们两个，挺好的，我祝福你们两个天长地久。来得太急也没准备什么礼物，这个送给你，愿者上钩。"

我明明笑得那么努力了，嘴上却说不出一句完整的话。

我把手里的鱼竿塞给韩藤藤，然后头也不回地大步离开。

一个人会哭闹是因为还有不甘心和留恋，但我知道，从现在这一刻开始，我什么都不想要了。

为了不让我妈跟我一样觉得这事太突然，我还是去试了婚纱。看得出我妈真的很开心，从我穿上婚纱开始，她脸上的笑容就没有消失过。我努力稳定自己的情绪，不想打破她的开心，直到她拿出手机准备拍照分享给同事，我才试着拦她。她不解，最后在她的不断逼问下，我终于没忍住告诉她，这婚结不了了。

"展宇不喜欢我，他后悔了。"

说完我眼眶红了，就在这么多天积攒下来的委屈即将随眼泪一同决堤的时候，我转头走了出去。对不起妈妈，到底还是没能圆了你风风光光送女儿出嫁的好梦。

我穿着婚纱走在人群里，却不知道哪里才是我的终点。曾经我的

梦想就是和展宇一起度过简单平凡的一生，现在才知道，原来光是成为一个普通人也要用尽全力和运气。

终于，我开始忍不住号啕大哭。

情绪一旦找到了出口，一经发泄，就很难再收回来。哭完，我去奶茶店一口气点了十杯奶茶。之前为了准备婚礼，一口奶茶也不敢喝，现在不用再约束自己了。

展宇接了我妈的电话后，在奶茶店找到我。再见面，我发现自己对他居然一点儿眷恋都没了，甚至连话都不想多说两句。

我起身准备回去还婚纱，我哥也找了过来，上去就要帮我揍展宇出气。我拦了下来，没必要，我和展宇一点儿牵扯都不想再有了。

回家路上我哥一直在安慰我，我捧着奶茶，心里也跟着暖和了不少。我想啊，如果一切能从高中的时候重新开始，我一定好好珍惜每一天，绝对不天天围着展宇转了。

可命运还愿意再给我一次回去的机会吗？但愿吧。

晚上韩藤藤一直发消息来道歉，希望我能祝福她和展宇。其实我心里已经没有愤怒了，但这不代表我就可以原谅他们对我做的一切。

韩藤藤发了一段高中时期的纪念视频，我点开，结果却意外地在里面看到了不小心入镜的张万森。他正被一个红毛混混按在墙上打。那个红毛我有印象，上次张万森从网吧出来拉着我疯跑的时候，我回头正好看见他的身影在街角晃过。

张万森的死，是我回去的关键。

那他当年是怎么死的？不会和这个红毛混混有关吧？

正想着，我妈敲门喊我吃饭，我爸和我哥也都跟着进了我的房间。

我知道他们关心我，对他们说没事，事情都已经过去了。他们不信，还以为我在屋里生闷气，最后我爸忍不了准备去找展宇算账。我劝他别闹了，结果我爸误会成我和他犟嘴，一家人吵吵嚷嚷闹作一团，场面十分混乱，我感觉脑袋都要被吵炸了。

"我只是想一个人静静！"

我大喊，无人回应，一切照旧。

最后我只好把希望寄托在手边的旧手机上。

拜托了，这次一定要回去。

翻开短信：高三啦！我一定要追到你！

确认删除，我成功了！

明媚的阳光，熟悉的操场，欢快的兔子舞……虽然这次回到了高三刚开学时，我还要再熬一年，不过，好歹回来了！

我赶紧去找我的时空开关——张万森。

我把他从班级队伍里拉了出来，张万森有些蒙地看着我，我无比真诚地说："弟弟，这次只有你能帮姐姐了，辛苦一下。"

"啊？"

张万森还没明白我在说什么，我就已经踩在了他的脚上。

张万森的反射弧好像有点儿打结，我脚都抬起来半天了他才拖着长音"啊——"地叫起来。接着，张万森就被我"护送"到了医务室。

校医一圈检查下来，张万森的脚自然没什么事。他乖乖坐在床上，身体挺得直直的。我凑近，他就躲，再凑近，继续躲。

张万森害怕了，问："你……你干吗？"

我眯起眼睛质问他："你到底是谁？"

"我？"他抿抿嘴，开始有些结巴地自我介绍，"我叫张万森，我高三1班的，我成绩优秀……"

"这个我知道。"我打断他，"我是问你，咱们俩有关系吗？我到底哪儿得罪你了？你干吗老把我送回去啊？"

张万森不解地皱起眉，然后抬眼看看我，委屈巴巴地摇了摇头。

也是，我和张万森能有什么关系，估计他都不认识我。

我重新组织了一下语言，再次弯腰，凑近他："那这么问吧，你最近发生什么事了吗？你和那个红毛混混什么关系呀？你知不知道自己怎么死的？"

张万森躲得更远了："你……你想说什么？"

我安慰他："哎呀，你别害怕。你好好想想，最近到底有没有发生什么奇怪的事情？你得告诉我，我才能保护你啊。未雨绸缪嘛。"

我可不想再因为张万森的死，回到现实世界里去了。

"好，我知道了。"

张万森似懂非懂地点点头，然后就要起身下床。

我伸手揪住他后衣领把他拉回来，提醒道："这次你不能把我送回去了啊，听到没有？"

此时，张万森的两个同学正巧来医务室看到这一幕，以为我在欺负他，我跟他们辩驳了几句后，看着张万森被他们架出了医务室，那阵仗好像我真把张万森给揍骨折了一样。

怕张万森没把我刚才说的话放在心上，我又冲他喊道："我告诉你，我会时刻盯着你的！"

张万森走了之后，我继续想，如果高考后他就会死，那接下来还有一年的时间可以让我查出他的死因。只要能查出张万森的死因，并阻止这一切发生，那我就可以在这个时空留下来。

所以无论如何，接下来这一年，我一定要时刻跟紧张万森，保护他。

我买了核桃奶，坐在走廊等张万森。他一路低头数着手里的作业本，直到我起身走到路中间拦下他，他都没有察觉，最后直接跟我撞了个正着，连着后退好几步。

我把手里的奶递给他。

张万森拒绝，试图绕路逃走，我追上他说道："让你拿着你就拿着。"

张万森犹豫了一会儿，低头看看自己的脚，又抬头看着我，说："我脚已经没事了。那个，你不用放在心上，真没事。"

我澄清道："我不是来跟你道歉的，我是来跟你重新认识一下的。高三9班的林北星。"

"哦。"张万森眨眨眼睛，说，"我叫张万森，1班……"

1班的，成绩优秀的张万森嘛。

"我知道你是谁，你不用每次都重新介绍一遍。"我把奶放到张万森怀里的作业本上，打断他，说，"拿着吧，就当重新认识了，以后多交流。"

"你喝吧，"张万森还想推托，又把奶递了回来，"这个补脑的。"

我一时间没反应过来，后来才恍然察觉到这话有些不对劲，他在嫌弃我笨？

张万森急忙解释道："不是，我我我我……我这……"

我摇摇头："行了行了，你别说了。"

反正说了我也不一定爱听。

张万森又一次闭上眼睛皱起眉头，看样子是真的很为刚才的话懊悔。不过没必要，我也没打算跟他计较这些细枝末节。

我跟他说："你要相信我，你有危险，但是我不知道是什么时候，可能正在进行时。"张万森听后露出了呆呆的表情，像是有些被我吓到了。

于是我笑了笑，缓解一下紧张的气氛，说："不过你放心，我会保护你的。"

只有保护好你，我才能在这个时空留下来。

张万森欲言又止。这时，他那俩医务室的"保镖"同学又跟着围了过来，一唱一和地对我发出警告，然后再次架走了他。

我无奈，心想不行，我得想办法去他们班时时刻刻盯着张万森。

回教室后，我继续发愁接下来该如何度过这漫长的一年。我的同桌，即未来的相声大师杨超洋同学，在旁边极其幽默地给试题称重，感慨道："足足有五斤，哪个学校做题论斤做呀！"

我跟着长叹一口气。

人类的悲喜虽然并不相通，但绝对是各有各的烦恼。

展宇走过来，看都不看我一眼就把作业顺手扔我桌上，让我帮他

写名字。我本就不好的心情顿时阴云密布,我没好气地喊住他:"你没长手啊,不会自己写?"

展宇还是那么自恋,以为我在欲擒故纵。他是真不知道我现在有多讨厌他。韩藤藤紧跟着跑了过来坐我前面,说我不知道把握机会。

我撇嘴,她倒是一直挺会把握机会的。

我把展宇的作业用力扔给她让她写,顺便把我的也给了她。杨超洋跟着凑热闹,韩藤藤丢下他的作业气呼呼离开。我睐眼打量她的背影,心想该不会从高中开始,韩藤藤就喜欢展宇了吧?那样的话,我可真是天下第一大笨蛋。

课间,我去办公室找1班班主任刘嘎说转班的事。

刘嘎在我们这届老师里挺出名的,他是一个西装革履、戴金丝眼镜,发型每天都可以保持纹丝不乱的文艺青年。后来还当了副校长。

我从旁边拉了把椅子坐到了他办公桌边上,表达了自己对他的认可:"果然年轻有为,怪不得那么快就当上了副校长。"

刘嘎一听立时坐直了身子,正正衣服,面带笑意反驳我,说什么一支粉笔,两袖清风,三尺讲台,四季耕耘,我只是一支普通的……

太啰唆,我直接打断他:"这样啊,咱俩年纪差不多,我叫你声'嘎子',你叫我声'星姐'。我确实有事求你。你不是1班班主任嘛,我想去你们班,你把我调过去。你放心,我绝对不给你拖后腿,高考的时候,一定一鸣惊人!"

刘嘎几次欲言又止。

"怎么样?"我挑眉暗示他,"嘎子你说句话。"

结果嘎子还没说话,隔壁"光明顶"先拍了桌、板着脸站了起来:"胡闹!"

嘎子和我都被吓了一跳,整间办公室鸦雀无声。

"光明顶"喊我跟他出去。

失策。

好在最后嘎子还是小声说了句"Nice to meet you.",我心里一喜，觉得这事倒也不是完全没戏。

"光明顶"叫我到他办公室的时候，刚好张万森也在，他是来拿演讲比赛资料的。

"万森啊。"

"光明顶"喊他喊得亲切。我心想年级第一的待遇就是不一样。

"光明顶"把资料递给张万森，顺便做了个教育工作，希望他回去后发动班上同学积极参加这次比赛，为学校做贡献。我好奇地凑过去看了眼，演讲题目是"十年后的生活"。

"我可以呀！"我一激动没忍住插话，"十年后的生活没有人比我更了解了，我肯定能拿个金奖。"

我趁机拿参加比赛的事跟"光明顶"做交易，如果演讲比赛我拿了第一，那他就要让我去1班。"光明顶"勉强答应了，我怕他反悔，赶紧拉着张万森跑了出去。

"咱俩一起准备吧，没准儿我能让你混个第二名。"

我试着拉拢张万森，谁承想张万森没同意："不了吧，我会拿第一的。"

我一愣。来来回回、反反复复跟他认识这么多次，我还是第一次听张万森说话这么干脆利索、毫不犹疑。

晚自习，我无聊地趴桌子上发呆。杨超洋说我跟以前不一样了，能说会道的，以前就只知道跟在宇后面。他说得确实没错。但以前的事，就让它过去吧，我已经是崭新的星星了！

杨超洋好像很有聊天的兴致，凑过来问我："你真要去1班哪？"

我认真点头，小声说："但没那么简单，我必须在这次演讲比赛中一举夺魁。"

展宇冷不丁插话："得了吧林北星，就算你拿了第一名，我也不会和你多说一句话的。"

我真是既无语又替他感到尴尬。

韩藤藤也觉得我最近变了，问我是不是在故意气展宇，还问我要

不要继续她告诉我的那个办法。我想起来当时韩藤藤教我去实验室假装晕倒，然后她约展宇来英雄救美，结果最后她先晕倒了被展宇背了出去。

我笑笑，看着她心里很快确认了一些事情。

去，干吗不去。

我让韩藤藤帮我带上芥末，只是晕倒怎么够呢，还得哭得梨花带雨才有效果。

第二天去学校小卖部买零食时，我又遇见了张万森。

"张万森！"

我开心地喊他，张万森回头看到我，转身就想溜。

我伸手揪住他的衣领把他轻轻拽了回来。

很奇怪，张万森看上去个子高高的，但每次都还挺好拿捏的，随便一揪就乖乖跟着退了回来。

"你干吗？"我问他，"每次见到我都跑，我能吃了你呀？"

张万森小小地转了下头，用余光看我抓着他的手，反问："那你抓什么？"

"这不是为了抓你吗？"

多显而易见的答案。

我松手，张万森直起腰拍着胸脯咳了一下，有些夸张地给自己顺顺气。明明刚才我也没多用力。

"你来买什么呀？"我继续跟他搭话。

张万森这才左右看看，恍然想起来什么似的"哦"了一声，转身拿起货架上的本子说："买这个演讲稿本。"

哦。张万森好像很喜欢说一些语气词。

我也跟着"哦"了一声，顺手把他手里的演讲稿本拿过来，又从货架上拿了个新的，说："这不错呀，正好，我也买一个。"

"我自己来就行，谢谢。"

张万森想拿回自己的演讲稿本，我不给："姐姐照顾弟弟，应该的，不用跟我客气。"

"拿着。"

我结账，张万森还想把钱给我。

我坚决拒绝："不用！让你拿着就拿着吧。"

我还想拿这个收买他，让他演讲比赛放放水呢。

我跟张万森说："哎，我倒是有信心可以拿金奖，但是我就怕你超常发挥。"

有时候，人也需适当示弱。

张万森"嗯"了一声，像是在给自己壮胆，然后侧着脸不看我，说："你要是想取得好成绩的话，我可以帮你想演讲稿，但是，"他看了我一眼，又转回脸，说，"但是我们还是公平竞争吧。"

我说他："你怎么这么轴哇。"

"我……"张万森想了半天，解释最后变成了鼓励，"你好好准备，一定可以取得好成绩，加油。"

还挺有原则。

张万森走后我越想越不服气，我就不信了，我还收买不了一个你。

"张万森！"

我追出去的时候他正在下楼梯，我递给他一包零食，他像是看见炸弹一样躲开："我……我不要。"

这可不是他要不要的事，我抬手揪住他的衣领，轻轻一拽就把他拉了回来，然后不容分说地把零食塞进他手里。心想，张万森你等着吧，今天只是我"腐蚀"你这块正义之石的第一步，我还有更多攻略计划呢。

接下来，每天放学我都会等在1班门口，主动拿过他的书包拎手里，送他回家，然后持续地不定时、不定点地送吃送喝，以及抱着一箱冰糕发给他们班的同学，试图发动群众的力量来帮我取得最终胜利。

"不用谢，要谢就谢你们班的张万森。"

张万森坐着低头写作业，假装没看见我，我直接拿雪糕过去坐到他前面，满脸笑意："吃雪糕哇。"

张万森拒绝："我不吃。"

我解释："干吗干吗，这么热的天，请他们吃雪糕不好吗？"

"林北星。"

他叫我的名字，第一次提高了声音，透出些严肃。我配合他，坐直了准备认真听训，结果他又瞬间弱了下去，低着头磕磕巴巴地说："不是，我……请你真的不要再给我送东西了。"

我笑了下。心想虽然没有收买成功，但好像突然有了跟他谈判的筹码。

"那也行。"我故作思考状，把手托在脸上看着他说，"那你答应我，演讲比赛的时候放放水呀，我真的很想来你们班。我来你们班呢，对我好，对你更好。你要相信我。"

我怀疑张万森根本没有听我说话，他只顾着低头手忙脚乱地来回收拾自己的作业，半天没给我一句回应。

看样子今天又是一场持久战。我本已准备好跟张万森继续周旋，结果这时韩藤藤来 1 班找我。

"你忘了咱们一会儿要去实验室。"韩藤藤凑过来提醒我，"我们不是说好了……"

张万森终于抬头看了我们一眼。

韩藤藤又故弄玄虚地跟我说悄悄话："最近实验室那么多传闻，我们去看看吧。"

这"悄悄话"声音大得全世界都听见了。

我一边听着一边无聊地拆了包装把雪糕递给张万森，他左右躲闪，最后还是被我成功把雪糕喂到了嘴里。

张万森抿着雪糕，怕掉不敢乱动，抬眼看我的时候呆呆的，有点儿可爱。

我笑了起来，跟他说再见："我还有事，先走啦。"

晚上安静下来的实验室有一种难以言喻的诡异感，韩藤藤说她害怕，我随口说了句"好像是有鬼呀"，没想到她就装作晕了过去。我学着她的样子假模假样地关心了两句，结果她纹丝不动，我懒得陪她继续演戏，直接把手上的芥末抹到她嘴巴上，说："这儿又没人，你就别演了。"

韩藤藤还是不肯睁眼，很快展宇就来了，一脸不耐烦地问我约他来干吗。

"救人啊，没看见吗？"

展宇去扶地上的韩藤藤，我顺势离开锁上了门。

身后他敲门我也没理，只管大步往前走，也算是报仇雪恨了。

出门没走几步，旁边化学实验室里突然传来一阵窸窸声，有点儿吓人。我壮着胆子走过去，推开门发现张万森在里面。

我走过去，看见张万森面前的桌上一片狼藉。

"呃……"他又在拖语气词，"我在做大象牙膏实验。"

"做实验，怎么不开灯？"

张万森想解释，我自己先想明白了，于是打断他："我知道了，你就是那种上学的时候偷着用功的好学生，结果成绩一出来就会说，'啊，我也没用功啊，怎么就考了第一呢？'，是不是那种人？"

我越讲越兴奋，仿佛知道了张万森的小秘密一样开心。

张万森说不出话，我怕他因为小心思被我戳穿不好意思，宽慰他说："都理解，我不会笑话你的。"接着又趁机跟他打商量，"但是演讲的事，你就别去了，我自己去。"

张万森看着像是认真考虑了一下，说："我不参加也行，但是，你演讲稿准备好了吗？"

我摇头。

"那你准备从哪几个方面阐述呢？"

我还是答不上话。

"那要不，我还是参加吧，这样比较保险。"

他说得很有道理，但我还是不想他参加，于是我换了个角度说服他："可是你要是得了第一名，我就不能去你们班了，那我就不能看着你，保护你了呀。"

张万森疑惑，弱弱地反问："我有什么好保护的？"

他果然没把我之前说的话放在心上。

张万森看我没说话，估计是怕我失望，慌慌张张地鼓励我说："你还是多做做实验吧，这样也比较好提高成绩，好进1班。我先走了。"

"一起走嘛。"我追上他一起离开。

收买张万森的计划彻底失败了，不过没关系，我安慰自己，十年后的生活没有谁比我这个来自十年后的人更了解了，这次我一定可以一举夺魁！

演讲比赛当天，等公交车的时候我又看了遍自己的演讲稿，忍不住赞叹一句"完美"。

可能因为我心情好，清晨的阳光攀在张万森身上跟着他一起朝我走来，我看着心里也暖暖的，像触碰到小动物的瞬间一样开心和柔软。

我笑着跟他打招呼："好巧哇，早上好。"

张万森手背在身后拎着书包，有些腼腆地点头回道："早。"

我问他演讲稿准备得怎么样，他谦虚地点点头："还可以。"

"咳。"我笑笑说，"我知道像你们这种好学生吧，已经习惯拿第一了。但是，"我转身友情提醒他，"你一定要做好心理建设，毕竟这一次我胸有成竹，这第一名肯定是我的。"

张万森一直没看我，嘴里在小声地轻轻吐气。估计是我的自信给了他压力，他紧张了。

一直等到车来了，张万森才"嗯"了一声敷衍我，转身上车。我学他，也"嗯"了一声跟上去。

认识张万森之后，不知不觉间那些小小的语气词我也跟着越学越多了。

比赛现场，张万森抽到的上场顺序在我前面，我坐在第一排听他镇定自若地开场，台上那个声情并茂的张万森，跟我平时认识的那个说话声小、偶尔磕巴、看上去很好欺负的张万森一点儿都不一样。

渐渐地，我也被他的演讲带了进去，听得入神，直到"共享单车、外卖服务、沉浸式休验"这些关键词撞入我的耳朵，我才不敢相信地咬着嘴唇、瞪大眼睛看他。

张万森的演讲稿不能说跟我的一模一样吧，但雷同程度绝对有百分之九十九！

他果然超常发挥了。

他一个十年前的人居然比我这个十年后的人还了解十年后！

轮到我站在台上的时候，我只觉得眼前一黑，我要说的都已经被张万森说完了，只能硬着头皮临场发挥，胡说八道。

台下起了小声的嘲笑，我瞥了眼座位上的张万森，他要是也在跟着笑就算了，结果都这时候了，他居然还能一本正经地抿嘴认真听我扯淡。

最后这场比赛我只拿到了纪念奖，拿一等奖的，自然是我前面的张万森。我幽幽地把头探到张万森耳边说："要不是你在我前面，拿第一的肯定是我。"

他被我吓了一跳，但还是笑着左手抱奖杯右手捧鲜花地站我前面准备合影。我笑不出来，心想这下更去不了1班了。

回到学校，教学楼下正围着一群人在议论我，走近了发现，地上全是我写给展宇的情书，而始作俑者韩藤藤正在一边幸灾乐祸，说自己这是在为实验室的事讨回公道。我要求她道歉，她坚决不从，很快我俩就扭打到了一起，直到"光明顶"出现，这场闹剧才结束。

"光明顶"把我叫去办公室继续批评教育，我顺着话跟他讲不如把我转去1班，省得我跟韩藤藤和展宇每天低头不见抬头见的，结果"光明顶"拿演讲比赛的事搪塞我。不提演讲比赛还好，提了我又想起张万森抢了我第一名的事。

我跟"光明顶"说怀疑张万森作弊，他当然不信："张万森有特异功能啊？他能看到十年以后的事吗?!"

张万森，能看到十年后的事吗?

"光明顶"提醒了我，我想起那个钓鱼人说的"你经历过的，只是你过去和未来的片段，都是在对的时候，光临到你的脑海"。

对啊。或许，我可以让张万森提前看到十年后的事。

虽然演讲比赛失败了，但"光明顶"最后还是答应，只要我月考考进年级前五十名，他就同意我转去1班。

从办公室出来后，我连哄带骗外带些许威胁地把张万森带去了灯塔。他以为我找他是为了要他还我零食，抱了一大袋子零食上来，站在灯塔入口，离我远远的。

我问他有没有来过这儿，张万森四下看了看，抱着零食站在原地摇摇头。

现在没来过，说不定将来会来呢。

我想让他离近一点儿，看能不能想起些什么。

但张万森还是离我远远的，我让他过来一点儿，他往前挪了一小步，我让他再过来点儿，他又挪了一步。最后我直接把他拉过来，让他站在灯塔栏杆前闭上眼。

张万森看看我，犹疑不定，而后才有些紧张地闭上了眼。

我踮起脚，好离他耳朵更近一点儿，说："你感受一下呀，感受到什么你就马上告诉我。"

张万森闭着眼睛转身，跟我表达他的疑惑，我回答道："什么都可以，听到的、看到的，哪怕闻到的都可以。"

张万森深呼吸一口气，我以为他是在认真感受，结果他转头就睁开了眼睛要走。我伸手抓他书包，因为着急，力度不小心大了一些，张万森被我抓回来撞到围栏上，手里的零食全都掉进了海里。

我赶紧把他拉回来，他看上去完全愣住了，大口喘息着说不出话。我也被吓坏了，确认他没事之后才松开他，说："吓死我了，差点儿又给我送回去。"

张万森缓过神，整理了一下衣角。我跟他道歉，他不说话，我以为他在因为刚才的事情生气，换了个话题，跟张万森说起我和"光明顶"关于考进年级前五十名的约定，想让他帮帮我。

我有求于人，笑得灿烂。

张万森转头看我一眼，最后没答应也没拒绝，边走边说："先先先……先下去吧。"

看样子，他还没从刚才的惊吓里完全缓过来。

回到学校，我趴在桌子上继续发愁，想着高考我都不怕，居然被一个月考给难住了。

杨超洋说："其实也不难。"

我以为他有什么好办法，结果他告诉我说月考试卷出来了，放在了办公室。他居然暗示我去偷试卷！虽说这倒也是个办法，但我仔细想了下，还是觉得这主意不太靠谱儿。

我还是得靠张万森。

"张万森，"放学后我追上他，"补习的事你怎么想的？行不行？什么时候给我答复？"

"哦。再……再说吧。"张万森神色匆匆地扭头看了我两眼，就背着书包小跑着离开，"我先走了。"

张万森慌里慌张的，开始时我还以为是灯塔的事情把他吓到了，直到我看见学校门口有个男生不停地抓着人询问"认识张万森吗？"，我才意识到，那些潜伏在张万森身边的危险，慢慢露出水面了。

第三章：

夏天的夜雨故事

第二天出门前，我偷偷翻出家里的红色假发，在学校门口找了个地方戴好了等张万森。

我摸摸头上的假发，想，灯塔的事情他不记得了，但视频里那个红毛混混把他打得那么狠，他总能想得起来吧。

等张万森的时候，我看到停车处有人在吵架。四个人扭打在一起，三个欺负一个。我看不过眼去帮忙，结果被欺负的那个却朝我喊了句："你给我闪开，不用你管。"

杨超洋喊着"高光明来了"，其他三人才匆匆跑走。最后只剩刚才喊我闪开的长发女生，一脸淡定地走过来跟说我："多管闲事。"

这人怎么这样啊！

我无语，后知后觉想跟她吵两句的时候，她已经走远了。

杨超洋带我去他的秘密基地煮豆浆喝，我第一次知道学校还有这块世外桃源。杨超洋把这里收拾成了他的相声小剧场，说平时就在这里练习。

听他这么说，我瞬间觉得十年后他能成为相声大师简直再合理不过了。一个人可以为梦想坚持十年，那他就应该成功。

杨超洋问起我手里的假发，说不怕被"光明顶"没收吗？我无所谓，大不了再买一个。我只怕无论自己买多少个，最后做的都是无用功。

我问杨超洋："你说怎么能让一个人想起关于他的一切呢？现在的，过去的，好的坏的都行。"

杨超洋觉得我戴假发把脑袋戴坏了。

接下来，我从杨超洋那里知道了刚才那个女生叫高歌，是南川中学最有名的美女学霸，"光明顶"的女儿。

我跟杨超洋一不小心就聊到了预备铃响，两个人踩着铃声一路疯跑向教室，然后在楼下遇到了同样迟到的张万森。

"张万森！"

我好像已经习惯了每次见面都会喊他的名字。

三个人一起被"光明顶"拦在楼下，"光明顶"让张万森先进去，抓住我和杨超洋不放。

"光明顶"问："迟到了，知道该做什么吧？"

杨超洋答："去罚站。"

说实话，我简直怀疑杨超洋练相声练傻了。有时候，也不是所有的"包袱"都要接的。

我坚持跟"光明顶"辩论，如果不是他拦着，我们这会儿都到教室了。还有，为什么张万森可以过去我们却不能，老师应该一视同仁，不以成绩好坏论英雄才对。

说话的时候，1班班主任刘嘎从旁边轻飘飘地走了过去。

想起十年后人家年纪轻轻就当上了副校长，我没忍住吐槽"光明顶"："我觉得你得好好反思一下，为什么人家刘嘎当上了副校长，你呢？"

"光明顶"被我说生气了，杨超洋担心我俩继续吵个没完，赶紧趁机拉我跑去罚站。

一天又快过去了，我也没见到张万森几面。

这样下去不行，我得赶紧想想办法去1班才行。

杨超洋又要给我支招儿，我有点儿嫌弃。他好像也知道自己不太靠谱儿，所以特别强调说这次的方法一定特别靠谱儿。杨超洋让我去找张万森押套题，这主意确实比偷试卷靠谱儿些，不过靠谱儿的也不是杨超洋，而是张万森。

"张万森。"

放学后我追上张万森的时候，他刚走到学校门口。不知道为什么，我发现每次当我想找张万森的时候，他总能很快就被我找到。

我上前拉住他，张万森停下。

我晃晃手里的红色假发说："你看这个熟悉吗？你脑子里有没有出现什么画面？有没有想起什么？"

张万森转着眼睛认真想了一会儿，而后摇摇头。

没有？

我提示他："你认不认识染着红头发的人？"

张万森四周看了一下，回过头来看着我，问："你算吗？"

"我当然不算了！"

我是来保护你的。

我继续问："你最近有没有惹什么事啊？或者得罪什么人了？"

张万森抿紧嘴巴，过了好一会儿才说："没有。"

还是没有？

"那我这么问吧。"我说，"你有没有认识什么人喜欢染红头发？"

张万森说："你说的这些，真的，真的完全没有。"

行吧。我叹气，看样子从他这里我是什么都问不出来了。

我无奈，鬼使神差地拍了拍张万森的后脑勺，他配合地往前低了一下，随后我说："乖乖回家吧。"

一起去车站的时候，我又解释了一下刚才的话，顺便问他可不可以帮我补课，哪怕只是出一套月考的模拟试卷也可以。

"我要是不去你们班，就没有办法保护你。"

张万森仍是不解："我为什么需要你保护哇？"

我手叉腰："你们这些好学生，怎么……"

怎么这么不长心眼儿呢。

结果话说到一半，我扭头又看到了那天在学校门口的混混，他们正在欺负两个学生。我随便敷衍了张万森两句，就把他推上了公交车，然后自己跑过去质问那个穿花衬衫的人是谁，哪个学校的。

那人扒拉开我的书包带，看了眼我的校牌，问："认不认识张万森？"

这个人这么执着地找张万森，张万森的危险肯定跟他有关系。

我想着，嘴上凶了回去："你找他干什么？"

那混混笑了笑，跟旁边的人打趣我，完了又扭头阴着一张脸警告说："告诉你，这事你别掺和。"

说完他们就要走，我拉住他，喊道："你找他到底什么事！"

他甩开我的手，回头对我发狠道："你是不是有毛病啊？你算老几呀？不让我走，那就把张万森叫过来！"

说实话我挺害怕的，但想到张万森有危险，我又鼓起勇气继续跟他对峙。那人让我告诉张万森，说他躲得过一次，躲不过第二次，明天他还来。我看着他们离开，心里虽然还在后怕，却越发怀疑高考后张万森的死和他们有关。

我要赶紧想出个办法保护好张万森才行。

体育课上，毫不知情的张万森还在开心地跟人踢球。

杨超洋说混混都是欺软怕硬的。为了让他们相信我是个不好欺负的，杨超洋就让我打他，然后他再假装不敢还手。

我信了杨超洋的话，一拳头打过去，其他人没看见，只被"光明顶"看见了。

"光明顶"原本是想去拦逃课的高歌的，结果没赶上，把我和杨超洋抓了个现行。一场戏换来的是我和杨超洋两个人一起去操场跑圈。有点儿亏，但没办法。

正准备老实认罚，"光明顶"又突然叫住我，鼓励我好好学习，带领全班同学一起进步，这样到时候谁都有机会进1班。

"真的？"

他没回我，扭头把踢球的张万森叫了过来，说什么高歌那边还得让张万森多劝劝。

听上去张万森跟高歌还挺熟的。

跑步的时候，张万森从后面给我递了瓶水，盖子是拧开的。

我有点儿惊喜，接过说："主动请我喝水呀？"

张万森顺顺刘海儿，说："别人买的。"

我才不信。

"有什么不好意思的呀，这瓶水就当作你答应给我补习的证据。"

张万森意外地"啊"了一声。

我戳戳他胳膊让他放心："给我补课绝对是'入股不亏'。放学等我呀，我来找你。"

"不是，我还没……"

不等张万森说完，我就跑走了。反正不管他说什么，放学我都会去找他的。

后来，我从杨超洋那儿知道了张万森和高歌从小就是邻居，应该是青梅竹马的那种关系。

说起高歌，我跟杨超洋感叹："这高歌挺特别的，我没见过会逃课的学霸。"

杨超洋想了下，说："她会不会是去找那个你惹到的小混混了？"

我一愣，心想这也不是没可能。

再看杨超洋时，我突然发现这人有时候还是挺靠谱儿的，脑子转得快，而且好像学校里什么八卦消息他都知道。

出了校门，我又遇到那个混混在找张万森。

我让杨超洋先去老张麻辣烫等我，然后跑过去警告那个混混，说："你要想找张万森的麻烦，先过我这关。"

他觉得我有毛病。

我壮着胆子继续说："我不管你怎么想，反正你要想找他，有什么事先跟我说。"

我不能让这个危险靠近张万森。

"好哇，那你告诉他，周五下午我在世龙修车铺等着他比一场。"

混混走后，我也悄悄跟了上去，心想，我倒要看看这人是什么来路。

世龙修车铺开在南川后街一条有些僻静的路上，晚上里面亮着灯，几个混混手里拿着棍棒正来回比画着，看上去是要出去跟谁打架。

我躲在街角偷偷向里观察，很快，找张万森的那个混混接了个电话后就带着一帮人出去了。

我继续跟上去，一路跟到了麻将馆，这里看上去比修车铺还要昏暗杂乱，一群人进去打砸完出来，接着又去了 KTV。一路跟下来，虽然还是没搞明白这些人到底是做什么的，不过我更加坚定了自己的想法——千万千万不可以让这些人靠近张万森。

第二天早上，我来到杨超洋的秘密基地继续思考，杨超洋在旁边说着什么，我一个字也没听进去，最后他有些无奈，问我昨天的事情解决得怎么样了。

我没精打采地告诉他那个人想跟我比赛做实验。

"做实验？"杨超洋很意外。

我昨天听到的时候也很意外，一个混混，竟然要找张万森比赛做大象牙膏实验。虽然我觉得他脑子有问题，但还是答应了要替张万森跟他比一场。如果我赢了，他就不许再找张万森的麻烦。

"不过我总觉得这个事情没有那么简单。"

杨超洋又安慰我说："简不简单，做了才知道。咱们兵来将挡，水来土掩嘛。"

他说得也有道理，可我其实并不会做大象牙膏实验。

我想起那天晚上在实验室遇到张万森，他当时就在做这个实验。我起身就要去找他。杨超洋拦住我，说对付这种好学生，死缠烂打是没用的，他有一个妙计。

我又信了。

我拿着本也不知道杨超洋从哪里找来的《香艳娇妻爱上我》，去

1班悄悄放在了正在睡觉的张万森的抽屉里。

放好书，我蹲下来在旁边仔细看了看张万森的五官，心想他长得还挺好看的。我轻轻弹了下张万森的胳膊，起身站好等他醒来。

张万森迷迷糊糊睁开眼时被我吓了一跳，整个人往座位旁边挪了不少，小声问："干吗？"

"路过，随便走走。"

张万森重新坐好，从抽屉里拿出一张卷子，顺便接住从里面滚出来的水杯，然后把卷子递给我说："你要是说补习的事，就把卷子拿去做了。"

我接过试卷，开始按着杨超洋教我的办法扭捏了起来，轻声细语说："我来找你，不是说补习的事，我想让你教我大象牙膏的实验。"

张万森手里攥着杯子，有些为难地抬头看我："就算会做实验，也进不了1班啊。"

真的是块木头。

我把卷子扔他桌子上，手背在身后，扭着身子继续撒娇道："哎呀，人家想学嘛，教我嘛，你就教我嘛。"

张万森好像也觉得我奇怪，他起身说："你冷不冷，我去关窗户。"

杨超洋这个骗子，什么妙计，一点儿用都没有！

"哎呀你过来，"我把张万森拽回来按到座位上，"我不冷。"然后继续扭捏地说，"人家是真想学嘛，你教我。"

说话间，我已经逐渐没了轻声细语的耐性。

张万森解释说不是他不想教，而是进不了实验室。我不信，明明上次他还去了。张万森说那次是他申请过的，我让他再申请一次带上我，他却坚持说申请不了。

最后我没了办法，只能使出杨超洋传授的撒手锏。

我从他抽屉里拿出那本之前被我放进去的书，装模作样地质问他这是什么，张万森果然害羞了。我将书举高了吓唬他，他慌忙从我手里抢过去捂起来，紧张地解释说："真真真……真不是我的。"

我当然知道这不是他的。

我顺势威胁道："你教我，我就不告诉别人。"

最后张万森没办法，只能勉强答应了我。

我第一次知道，原来大象牙膏实验要准备这么多东西，我看着实验桌上摆满了各式各样的瓶瓶罐罐，指了指边上的黄色大瓶子夸张地问："这是洗洁精吗？真细心，等做好了实验用来洗这些的对吧？"

"嗯……"张万森小心翼翼地纠正我，"那个是发泡剂。"

"哦。"

原来不是洗洁精啊。

周围突然变得很安静。

接下来，张万森开始跟我讲实验的操作流程和原理。

我们离得很近，我发现张万森这个人身上有一种很神奇的让人感到踏实的魔力。好像只要张万森在身边，我就什么都不用想也不用管，只要按着他的节奏一点点来，我们就可以解决一切。

我按着张万森教我的办法有条不紊地操作，很快，实验成功了。

我看着一大束蓝色泡沫从瓶子里高高地喷射出来，下意识往后躲，张万森伸手把我拉到了他身边。我意犹未尽地看着那束蓝色泡沫，像海浪，像云朵，像棉花糖，像很多很多我能想到的美好事物。

我沉浸其中，实验室外传来的警卫巡逻的声音惊醒了我。

我转头看张万森，他说"快跑"，然后我便来不及思考，被他拉着一路跑了出去。

算起来，这已经不是第一次了。

上次他说自己去网吧出来遇到我，也是这样拉着我拼命跑。

一路跑到学校门口，我气喘吁吁地停下问张万森："要不要拿点儿材料走哇？"

张万森一口气说了很多我听不懂的专业名词，总结就是不用，这些材料很容易买到。警卫很快再次追了上来，我和张万森又一次逃命

似的跑了起来。虽然后来我也没想明白，明明他申请过实验室，为什么我们还要跑。

第二天我就收到了那个混混的纸条：

今天下午六点，就在你说的地方，不见不散。

——麦子

麦子，原来他叫麦子。

放学后，我提前去了比赛现场——杨超洋的秘密基地。

高歌也在，躺在摇椅上看着我说："麦子说的那个帮张万森的人就是你呀。"

我也好奇，问她怎么在这儿。

高歌不理我，只说："回答我，你为什么要帮张万森？"

我装听不懂："什么帮不帮的呀？我是来解决自己的事情，不用你管。"

"少废话，回答我的问题。"

高歌说话还是跟上次遇到她的时候一样，挺不客气的。

但想到她和张万森是青梅竹马，我好像也没必要瞒着她，于是解释说："我就是觉得张万森是一个乖学生，很多事情他解决不了。"

"算了，懒得管你们这些破事。"

高歌说一会儿麦子来了她会帮我，还说如果我不想被学校开除的话，就把今天所有的责任都推到她身上。

我有点儿搞不懂她，上次帮她，她不领情，这次反倒仗义了起来。

我跟麦子一人一边准备实验，高歌在中间做评委。比赛开始前，我想先试探下麦子到底有什么阴谋，看了眼高歌，问他："凭什么让她当评委啊？"

麦子问高歌："她来比算数吗？"

高歌直接下达命令，说："开始吧。"

三个人各说各的，谁也没有回答对方的问题。

比赛开始，我按着张万森教我的方法开始操作，意外的是，对面的麦子竟然也做得很熟练。我还以为他就只会打架呢。

两个人几乎同时把试剂倒进容器里，麦子那边很快喷出一堆泡沫，而我这边，毫无变化。

我看着自己这边什么反应都没有的瓶子干着急，心想怎么跟那天做的不一样了呀？

我输了。

麦子很开心，转头跟高歌说："我就说我能赢吧。高歌，这次你总可以给我一个机会了吧？"

"什么意思？"我摘下眼镜不敢相信地问麦子，"你欺负张万森，就是因为高歌？"

"那不然呢？"麦子说，"我就要跟那小子比比，证明我比他要强。"

我越听越觉得有趣，问他为什么是做实验。

麦子说："比什么都算我欺负他，我要赢就要在他的强项上赢他。"

还挺有志气。

这边比赛刚结束，张万森就慌里慌张地推门跑了进来。

他跑到我身边，大口喘着气站定了，问："你没事吧？"

人是没事，只是比赛输了。

麦子在旁边喊话："你就是张万森哪？你不来跟我赴约，让一个小丫头保护你算什么本事呀！"

张万森看上去有些生气，估计是被麦子的话惹怒了。

麦子往我们这边走来，想继续挑衅，结果被高歌叫住了。

高歌说不管麦子做什么，张万森都比他强多了。再然后，麦子就追着高歌走了，只剩下我和张万森两个人。

我算是弄明白了。心想如果不是为了保护张万森，他们这场三个人的电影可能都不需要我这样一个观众的出席。

我看着张万森叹气道："原来你是被对手盯上了。"

"林北星。"张万森叫我，他好像还在生气，我第一次从他的语气里听出了严厉。

"我不用你自作聪明地保护我。你不是想进 1 班吗？我帮你补习。"

虽然张万森说话语气不太好，但没关系，他总算是答应帮我补习了。

我开开心心回教室，结果又在门口碰到了展宇。本来想装没看见他的，结果他叫住我，看了眼我手里拿着的试剂，以为我是为了吸引他这个实验组组长的注意才开始积极练习的。

我懒得解释，干脆直接顺着他说："行行行，你厉害，你最棒，你优秀行了吧？要不要一起去 1 班哪，我让张万森也教教你，咱俩一起学呀。"

展宇还真信了。可能像他这样习惯了被人追着捧着长大的人，永远也不会明白不是所有人都会一直地、永远地围着他转的。

放学我去 1 班找张万森补习，结果他不在。

我一路追到学校门口才看到他。

"张万森，"我跟上去，"不是说好给我补习吗，怎么一个人走了？"

张万森不看我，脚下一步没停，语气淡淡冷冷地说："不好意思，改天吧。"

他走得很急，我能看出来他不高兴，但我不知道为什么。

我问他："你走那么快干吗？你跟谁闹脾气呢？"

张万森说："我没有。"

我才不信。

我继续问："我惹你了？"

张万森继续答："我没有。"

他就像个只会说"我没有"的复读机。

"哎，怎么啦？"我先跟他解释下午的事情，"是因为麦子吗？

我不是故意要帮你教训麦子的。"

张万森终于停了下来，只不过脸上还是很不高兴，也不看我，说："不是。"

我继续猜："是因为高歌？"

他沉默，别过头去不说话。

被我猜对了。

我问他："你是不是真的喜欢高歌？"

他过了好久才点头，说："是。"

然后张万森就背着书包头也不回地走了，我看着他的背影倍感无奈，心想原来好学生也会为情所困哪。

周一的升旗仪式上，张万森作为优秀学生代表上台发言。

我听着他的演讲，又想起他说自己喜欢高歌的事，以及为了高歌所以才要跟张万森比做实验的麦子。

张万森的坏情绪和身边的不稳定因素好像都跟高歌有关系。高歌太危险了，我必须让张万森专注学习才行，最好再拉上几个人跟他一起学，这样他就没时间想着高歌了。

我开始在升旗队伍里认真寻找哪些是张万森可能会喜欢的女生，顺便拍下照片，以便回头约了一起学习。

杨超洋问我："你在帮哪个男生牵红线哪？"

"才不是呢。"我解释说，"我这是在救人。"

虽然这个事确实有点儿像他说的牵红线，但本质还是不一样的。给张万森介绍女同学不是我的目的，我的目的是让他不要只关注高歌一个女同学。

我把收集好的女生照片打印出来，跑去图书馆找张万森。张万森有事要跟我说，我喘了口气打断他，把手里一沓照片展示给他看，并简单介绍了下我搜集到的这些女生的学习情况。

"很难的，你一定要珍惜呀……"我努力说服他。

结果张万森看都不看一眼，继续低头写作业："我没兴趣，我喜欢自己一个人学。"

瞎说。

"你现在不也在给我补习吗？多一个人不多，少一个人不少的。"

张万森欲言又止。

"我知道，"我晓之以理，动之以情，继续说，"现在高三了，学习压力大，精神紧张，那我们更应该找一个志同道合的人，一起进步，一起努力。你说呢？"

我继续介绍照片上的女孩儿："你要是不喜欢这个，后面还有更多优秀的同学，你可以再看看。抓紧时间哪，这么多照片呢，你好好看看，选一个。"

全程沉默的张万森终于被我说"动"了，只不过是动手收拾起自己的课本，他起身后有些生气地说："我看你今天也没心思学，改天吧。"

"别啊，我好不容易打印出来的。"

我拦他。张万森不知道从哪里拿出来一袋零食放桌上，然后背起书包毫不留情地走了。

"张万森。"

我又一次追上他，这段时间我好像一直在追着张万森跑。

我心里着急，忍不住告诉他麦子就是因为高歌才找他麻烦的。

张万森想解释："我跟高歌不是……"

是不是的其实无所谓，问题是麦子现在已经铁了心不要他好过。

我告诉张万森："如果这件事情不解决，我就每天跟着你，你去哪儿我去哪儿。我要让那个麦子知道，你是我的人，不能欺负你。"

张万森本来看上去挺心不在焉的，闻言突然眨眨眼，抿了抿嘴，却不说话。

"你想什么呢，愿不愿意呀？"

张万森看着我认真地点点头。

我这才松了口气："那就这么定了啊，以后上学放学，你都等着我，我跟你一起。"

张万森继续点头。

我看他没那么生气了，又试探说："你能不能再好好看看哪？咱们学校那么多女生，为什么只追着高歌一个人哪？"

张万森听后吐着气，两边脸颊鼓嘟嘟的，看上去不太服气。

我只好劝自己说，算了，让一个人放下对另一个人的喜欢确实不容易，慢慢来吧。

我和张万森约好，明天早上七点，在他家楼下不见不散。

本来都要走了，结果想起手里拿着的零食，我又回来问他："给高歌的？"

他不说话，我权当默认，然后零食就被我没收了。

张万森家所在的那条街，红砖绿叶，夏天，绿意会从人们的院子里跑出来，偷偷在路边探头——一片藏不住的生机盎然。

我骑车到的时候，张万森已经在长椅上坐着等我了。

"张万森！"

我远远地朝他打招呼："早哇。"

"早。"

张万森起身把手里的早餐给我，还是热的。

我停下来看他，今天的张万森看上去跟平时不太一样，虽然不怎么明显，但仔细看还是能发现他的裤脚是挽起来的，长度刚刚好。

我夸他，张万森笑了笑，说："走吧。"

我叫住他，然后把新找来的学习搭档李双双也叫了过来，介绍他们认识后，说："既然你们都认识了，那你们就一起上学吧，我骑车走了。"

我话刚说完，张万森脸上的笑容不知道什么时候消失了，他转身就走："我坐公交车。"

真是一点儿面子都不给。

李双双也挺生气的，我顾不上追张万森，只好先载着她一起上学。

不过没关系，我又一次鼓励自己说，毕竟是年级第一，眼光高也很正常，只要我坚持不懈，就一定能取得最后的胜利。

课间，张万森在杂物间收拾东西，我找过去道歉，顺便又介绍新的女生给他认识，鼓励他多接触接触别人，虽然他现在已经很优秀了，但不同的思想碰撞更有利于学业进步。

张万森还是不高兴，他放下手里的东西问我："你觉得我很优秀？"

我肯定道："你是全年级第一，当然优秀了。"

说着，我找来的那两个女生也进了杂物间，对他一顿夸奖，结果张万森不仅没开心，反而更生气地背过身去了。

张万森问我："这就是你所谓的'多接触接触'？"

我解释，他不听。最后我只能跟他分析，说反正也是要给我补课的，多带几个就是顺带手的事。

"你觉得我帮你补课很容易吗？"张万森反问我。

我沉默，心想或许是自己把事情想简单了。我还没来得及解释，张万森就转过身一脸严肃地跟我说："林北星，你要是自己不想学，那就不要再找我给你补习了。"

林北星。

每次他生气的时候，都会特别严肃地叫我的名字。

张万森走了之后我还在想自己到底哪里惹他不高兴了。干吗生气哇？要不是因为他，我早就"逆袭"成功了。

第二天，年级办公室和1班的玻璃被人砸碎了。我到学校的时候，1班的李明天他们正在我们班门口跟杨超洋对峙。我从他们中间挤过去站在杨超洋身边，帮他跟对面的人理论，张万森也在这时候走了过来。

我问张万森："你也认识杨超洋，你说，他能干出这种事来吗？"

张万森隔着人群跟我对视。

那一刻，我是期待着他能站在我们这边的。

但张万森说的是："我说也没用啊。"

李明天他们又接着闹了起来，我一激动，提出说大不了两个班换教室。

这时候决不能让步妥协，不然砸玻璃的事，即便不是杨超洋做的，也会变成他做的。谁也不应该因为没有做过的事情承受诋毁。

李明天他们答应了，并且约定好，如果这件事不是杨超洋做的，他们就跟我们道歉。

事情结束，张万森站在原地没动，我看了他一眼，什么都没说就跟杨超洋进了教室。

我承认，我是在生气，气我把他当朋友，结果他却没有义无反顾地站在朋友这一边。

换教室的事情不太容易，我理解同学们都有抵触心理，于是站上讲台解释道："我知道，让大家换教室大家心里觉得憋屈。但是，我们总不能让别人把脏水泼到我们身上吧，这么僵持下去也解决不了任何问题，我们也不能认怂啊。"

底下依旧没有人动。

杨超洋劝我说算了吧。我却不想，我坚持要证明清白。

"我今天站出来，不是因为我是杨超洋的朋友，换成你们任何一个，我一样会站出来，我也相信，今天即使没有我，你们也会站出来的。因为我们是同学，我们是一个集体。"

以前总觉得青春是自己一个人的回忆，这次回来后我才发现不是这样的，青春是很多人一起写完的故事。因为我们有了关联，所以才会在彼此的人生中留下诸多痕迹。

没想到，展宇第一个说了"我搬"，很快就有更多人响应。

"我搬。"

"我也搬。"

……

我听着，跟杨超洋笑着对视一眼，都看到了彼此眼里的感动，不是因为一个人，而是因为所有人。

换教室的时候，我又跟1班强调了一遍，我们接受换教室不是因为理亏，只是想弄明白事情的真相。

趁他们收拾东西的工夫，我走到张万森旁边跟他说："即使你不给我补课，我也一样能考进年级前五十。"

张万森安静地收拾东西，没说话。

不说就不说，反正我今天也不是很想再跟他说话。

这一天才刚开始，就兵荒马乱的。

课间，我心烦意乱地坐在座位上反复按着手里的笔发呆，笔不小心掉在了地上，我弯腰去捡，然后看到抽屉里有个被剩下的笔记本，上面写着：林北星学习计划。

是张万森留下的。

我好像误会他不愿意帮我补习的事情了。

本想去找他道歉的，但上午他没帮杨超洋的事还是让我很介意，就这样一直耗到放学，我也没有去找张万森。

其间，我找了几个平时放学走得比较晚的学生，打听了一下昨晚学校有没有什么异常，顺便到年级办公室的案发现场看了下，最后终于在垃圾桶里看到了那个作案工具——一块沾了机油的砖头。

机油？我想到了麦子，修车铺的麦子。

放学后我去南川后街找他，张万森居然也在。

他也来找麦子说学校玻璃的事情。

"明知道他要找你麻烦呢，还自投罗网。"说完我把张万森挡我身后，警告麦子，"我不是跟你说了吗，这是我小弟，有什么事找我就行了。"

麦子原地站着不动，眼神来回转着，看看张万森再看看我，最后

跟张万森说："钱你拿回去，我自己做的事情，自己会解决。"

听上去事情已经解决了，我火速带着张万森离开。

出门我就教育张万森，严厉批评道："你看看你自己，你是他们的对手吗？跟你说了多少次了，离他远点儿，离他远点儿，就是不听，还自己送上门去，以前怎么没见你胆子这么大呀？"

张万森甚至把还把衣领解开了，衣衫不整就能比过那帮混混吗？

我回头看他，好在张万森这次还算听话，全程乖乖跟在我身后不敢插话。

正想着接下来要怎么继续教育他，才好让他知道这件事的严重性，他却拧开一瓶水递给我，试图让我消气："喝……喝口水吧。"

"别打岔。我说到哪儿了？"

张万森补充道："呃……离……离他远点儿。"

"你知道就好，"我继续道，"我也觉得是麦子，不要以为你自己有多聪明，还自己去出风头，为什么不叫上我？"

张万森说："下次一定。"

我说："记住了。"

张万森认真地"嗯"了一声，算是答应了。

我心里的气也全消了。其实从一开始就消得差不多了，我批评张万森只是希望他能真的把我说的话听进去。

从出门到现在，张万森就一直跟在我身后，我停下，他也一步不走。

我退回去跟张万森并排走。

麦子的事情弄明白了，我也应该因为早上误会张万森的事主动跟他道歉。

"对不起呀，"我看着张万森，"今天早上是我误会你了，我以为你跟他们一样呢，不相信杨超洋。"

张万森没说话。

南川后街路灯昏黄，到了晚上这里就没什么人了，我和张万森踩着路灯的光一直往前走，两个人都走得很慢。

有些别扭。

我试图调节下气氛，便告诉他，他写的学习计划我都看了，而且保证以后再也不找别的女生来烦他。本来以为张万森会跟我客气两句的，结果他直接摘下书包，从里面拿出一本《五年高考三年模拟》给我，说："那今天就按计划上写的，把前三章背完，明天检查。"

"啊？"我怀疑他在故意报复我。

但无奈现在是我有求于人，也只好勉强答应："好吧。"

早知道刚才就不对他那么凶了。

沿着小路一起慢慢回家，张万森也渐渐放下了刚才的紧张，他把书包拎在手里，走得很轻松随意。

城市暗下来之后，抬头就可以看到满天星光。晚风从我和张万森身边静静溜过，我突然觉得这样的夜晚很适合讲心事。

我问张万森："你说麦子他会不会去学校道歉哪？"

张万森肯定地说："他会的。"

"你跟高歌那事对不起呀，不过你放心，麦子再找你麻烦，我帮你搞定他。"

"我跟高歌其实……"

"放心吧，你俩的事，我不会再管啦。"

……

我和张万森继续沿着小路回家，兵荒马乱的一天，灯火沉醉的夜晚，我和张万森的声音被风带走吹散，最后不知道消失在了哪里。

这天之后，我开始认真跟着张万森去自习室学习，反倒是张万森看上去有些心不在焉，反复酝酿许久之后，他轻声叫我："林北星。"

我抬头，他又把头低了下去，看起来有些纠结地开口："我其实一直有件事情没跟你说清楚，我和高歌……"

说高歌，高歌到。

高歌背着书包站在张万森身后，我刚要提醒他，高歌就直接宣布道："张万森，从现在开始，我决定喜欢你了。"

张万森不可思议地转过头，瞪着眼睛看向高歌。

高歌看看我，居高临下。

我急忙解释，顺便跟张万森保证道："你放心，以后我绝对不干涉你的生活了。"

张万森皱起眉头，问高歌："什么？"

他终于开了口，但又好像聋了一样，看上去完全不知道我们在说什么。

高歌说："我发现了，舍近求远的效果并不好，一起回家，以后我的事就靠你。"

张万森又说不出话了。

我能理解他，猝不及防被青梅竹马这么干脆地打了一个直球，换谁谁都蒙。

我竖起拇指表示对高歌的佩服，高歌略显得意地看我一眼。

我怕她误会我和张万森的关系，澄清道："你们俩的事我不管哪，但是，张万森我还是要保护的。"

高歌无所谓地说："随你呀。"

高歌走后很久，张万森还在依依不舍似的扭头看她的背影。

真没看出来，张万森竟然是个恋爱脑。

我叫他回神，笑着说："哎，你想跟我说的就是这个事呀？"

张万森回过头来看我，两只眼睛里都是迷茫无措。

我了然于心地笑笑，心想其实也没必要特意跟我解释，我懂，年轻人嘛，在保证人身安全的前提下，他和高歌两个人的事，我是完全没意见的。

难得一连晴了好几天的南川又下起了雨。

自习课，韩藤藤坐在窗边的位置上不耐烦地抱怨。其实就算没有这场雨，她也一样会找其他借口发泄的。她不满的不是换教室，而是被我带着换教室。

她不开心，那我就跟她换座位好了。

我坐下，扭头看窗外，外面的雨越下越大。

雨水透过碎了的玻璃缝隙洒进来，落在身上，潮乎乎的。我撑起雨伞挡上，伞被撑开那一刻，世界好像也跟着被我屏蔽在外了。

世界变得很安静，有光透过透明雨伞，落在桌上变成了彩虹。

我感受这夏天雨后的微风，我还有机会可以再一次这样感受属于十八岁的一切。

真好。

麦子真的如张万森说的那样来学校道歉了。

"光明顶"宣布这件事跟杨超洋没关系，教室里响起一片掌声。那一刻，我觉得我们一起做了件特别了不起的事情。

很开心，也很骄傲。

杨超洋约我晚上去吃饭，说要叫上展宇一起，毕竟这件事他也算是帮了一把。换教室这件事展宇确实做得还算仗义，但我答应了要跟张万森一起补习，于是边走边推托掉了。

我在自习室等了张万森很久，他没来，我就先按着他给我安排的学习计划做题。有人在我对面坐下，我以为是张万森，抬头却发现是展宇。

奇怪，这时候他应该在球场打球才对。

我跟展宇话不投机半句多，吵了几句后准备收拾东西离开。展宇拦我，我拎着书包赶紧"跑路"，没想到他居然追了上来。

我无奈，只得快步离开。突然间，我发现不管是哪个时空的展宇，都能有一百种方法让我不高兴。

第四章：
张万森，我们以前认识吗？

离月考的日子越来越近，我跟张万森约好周末去图书馆。赶到公交车站的时候，张万森已经在等着了。

张万森跟我打招呼。我发现每次赶着清早见到他的时候，他都会有一种如晨光一样刚睡醒似的呆萌。

"哎，"我起调，想表现一下自己的努力，"这回我可是豁出去了，连休息日都放弃了，就为了去1班给你当保镖。"

张万森手里一直捏着手机，问我："就是这个想法？"

"要不然呢？"我理所当然地说，又提议道，"咱们今天提高效率，速战速决，好不好？"

"好。其实我想说……"

他拿着手机好像要给我看什么东西，结果被突然出现的展宇打断了。

"我说过了，要是去1班，我陪你一起去。"展宇一脸得逞地站在我旁边，开心地说他也要去图书馆上自习，还扭头看张万森，没礼貌地说着，"哎，教教我呀。"

张万森望向远处公交车的方向，没理他。

我也不想理他。

我敷衍展宇，展宇继续胡搅蛮缠，我让他闭嘴，结果他直接问张万森："你不介意吧？"

"不介意。"张万森说着，却没给展宇一个眼神。

既然张万森没拒绝，我也不好再说什么。

可是，展宇真的很烦。

一行三人到图书馆找位置坐下，张万森刚给我画好的试题，就被展宇抢了过去，他随便看了眼就说这都是基础题，非要好为人师地教我，我不同意，两个人不可避免地拌起嘴来。

张万森一个人坐在我们对面，开始时他没搭腔，而后突然开口道："星星。"

是"星星"，不是"北星"，也不是"林北星"。

我愣了下。

张万森还是第一次这样叫我的名字。

张万森让我跟他换个位置，我配合地坐到了他和展宇对面。

张万森给了展宇一套卷子，还特别强调了下他基础好，让他做这个。展宇不屑地拿到手里，结果发现自己一道题也不会。

展宇放下卷子，有些不服气："张万森，你是故意的吧，给她的那么简单，给我弄这么难的。"

张万森跟他比起来冷静多了，语气听上去也很轻松平常："这也是基础题。"

他们说话的时候，我已经做完了手里的题目。我把卷子给张万森看，他检查一遍，笑着说："都是对的。"

我也很开心。

张万森又给了我一张卷子，刚刚展宇不会做的那张。

展宇在旁边说着阴阳怪气的话，我听着不高兴，将卷子上的第一题认真看了一遍，说："这很简单啊，选A。"

张万森点头表示肯定，然后跟傻了眼的展宇说："展宇，我们的进度你可能跟不上，要不你还是回去多背背公式吧。"

展宇确认道："背公式？"

张万森说："对。"

展宇觉得自己失了面子，非说张万森看不起他，要拉着他去篮球场单挑。

幼稚。做题跟打篮球有什么关系。

我劝展宇，他不听，然后真就把张万森拉了出去。

我担心展宇欺负张万森，匆忙收拾好三个人的东西，拎着追了上去。

从图书馆出来根本没有篮球场，只有一个停了几辆公共自行车的小广场。

我追出来的时候，张万森正背对着我被一辆车子砸倒在地，展宇也不帮忙，还在旁边叉腰看热闹。

"张万森！"

我紧张地跑过去，把展宇的书包丢给他，然后看都不看他一眼，伸手扶张万森起来。张万森好像真的受伤了，嘴里一直在"哎哟"着喊疼，站起来的时候整个人也是颤颤巍巍的。

一个没注意就让他受伤了，我有些懊悔。

展宇却还在旁边说风凉话，我烦他，没好气地说："走开吧。"

不帮忙就算了，还说别人装，明明他自己才是那个最大的自恋狂。

我扶张万森坐好后，骑车载他离开，张万森一路上都小心翼翼地抓着我的书包。

从图书馆出来后要骑一段沿海公路。

有阳光，有沿路盛开的鲜花，有微微吹拂的海风。

"还挺好看的。"我感叹，"你腿要是没受伤就好了，我们还能下来走走。"

说着张万森还真想下来，我赶紧拦住他："伤筋动骨一百天呢，你这腿要是没好的话，万一遇到什么事，逃跑都来不及。"

张万森不明白："好好的干吗要跑？"

我不想在这个时候跟他说什么扫兴的话，随便解释两句敷衍过去，然后俯身迎着落日余晖，努力蹬了起来。

这是我第一次来张万森家，扶他在沙发上坐好后，我看着四周书

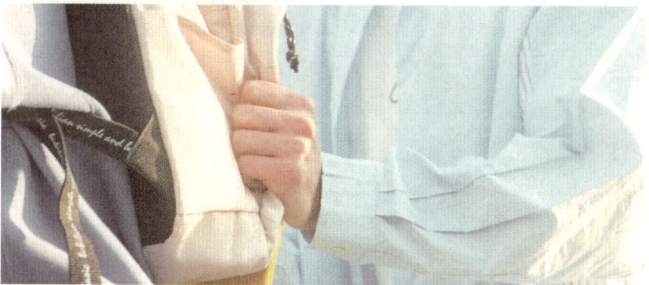

架上的书有些震惊。张万森说这些都是他爸妈工作时用的书，他爸妈在他很小的时候就去非洲工作了。

非洲？好远。原来张万森还是个"留守儿童"。

我按张万森说的位置找到药箱，帮他上药。

张万森的膝盖有些红，我问他："疼吗？"

张万森摇摇头："不疼。"

拿药的时候，我发现药箱里的药好多都已经过期，准备一会儿帮他丢掉，顺便又絮叨他两句："你怎么自己在家也不知道检查一下呀？我要是你妈，非担心死不可。"

张万森低着头不知道在认真地想些什么。开始时我还以为他是听见我说的话，在自我反思，结果他却抬头不明所以地"啊？"了一声，接着便说起了高歌，说他和高歌其实是个误会。

"我知道，我懂，"我说着，没忍住轻轻戳了下他脑袋，"你有什么不好意思的呀？"

搞得像谁没年轻过一样。

窗外已经完全暗了下来。我起身把药箱放好，转眼看到他书架上的照片，照片里的那件球衣很眼熟。

我拿起来问他："你初中在南川中学初中部，也是校篮球队的？"

张万森点头，问我："你记得我们学校的队服？"

记得，怎么会不记得。

我告诉他，初中的时候我们学校跟他们学校打过一场篮球比赛，也是在那场比赛上，我瞎了眼，才看上了他们学校的展宇。

张万森犹豫了一下，问我是因为展宇打球好吗？

"当然不是，"我说，"是因为他救过我，当时我还受伤了。"

可能张万森也觉得这个故事没意思吧，听完后他就低头别过脸去。

不过一切都已经过去了。

我说："算了，反正都过去了，他现在对我来说，就是个普通

同学。"

我自我宽解，张万森又转过脸来看我，眼睛亮亮的。

说完这些我也轻松了不少，想起来张万森还没吃饭，便准备去做饭，结果兴冲冲打开冰箱，却发现里面什么都没有。

张万森瘸着脚慢慢跟过来说："忘了跟你说，我们家不开伙。"

我遗憾道："那太可惜了，你吃不到我做的菜了。"

张万森尴尬地笑笑："下次，下次一定。"

我看他笑，也跟着笑了起来："好。"

那就下次一定。

今天被展宇这么一折腾，原计划的补习内容也没完成。

从张万森家回来，我原本想自己继续学习，可题太难了，我只好给张万森发短信紧急求助。

短信刚发出去，窗户玻璃不知道被谁家大半夜不睡觉的熊孩子拿石子儿砸了下。我站起来，刚好看到楼下慌慌张张跑过来站定的张万森。他还故作镇定地把手插进了兜里。

"张万森？"

我有些意外和惊喜，小跑着下楼站到他跟前说："你是看到我的紧急求助信息，瞬间移动过来了吗？"

张万森开口，没说话先打了个嗝，后知后觉想捂嘴。

"你喝酒了？"

张万森捏捏衣领，说："可乐。"

有人在旁边噗的一声笑出来，我扭头见是麦子。

麦子在摩托车上撑腿坐着，还是一副混混模样，我赶紧把张万森拉在我身后，质问他："你怎么在这儿啊？是你带他去的？"

麦子不理我，催张万森说："你问啊。"

"问……"张万森扭头看我一眼，又看回麦子，"问什么？"

两个人讲话神神秘秘的。

麦子等不及了似的替张万森说："他就是想问，你这么想去他们班，是不是为了他？"

"当然了。"

我说得毫不犹豫，顺便警告麦子："我就是想去1班时时刻刻地保护他，为的就是不让你这种人有可乘之机。张万森必须在我的监护下高考，听懂了吗？"

麦子乐了："我听懂没听懂，不重要哇。"

麦子跟张万森说了再见后，骑摩托离开，张万森还在看着他消失的方向发呆。

我提醒张万森说："以后少跟他玩，坏人。"

张万森不信，还在帮麦子说话："他其实没那么坏。"

我又批评了他几句，说："我虽然可以保护你，但是我也不能二十四小时跟在你身边吧。"

就像今天，一个没注意就被展宇欺负了，还跟麦子混在一起。

张万森好像非常疑惑，眨眨眼思考说："林北星，你为什么要保护我？"

这个问题，他已经问过我好几次了。

但我不知道该怎么告诉他，而且就算说了，他也不一定相信。

我只好再次编了个理由："因为我想进步哇，只有你肯帮我，我当然要保护你了。"

张万森好像信了，轻声笑了下，点头说："好。"

我们约好明天继续补课，张万森提醒我这次不要叫别人了，我答应下来。

而且展宇本来也不是我叫去的。

我跟张万森在家门口又站了会儿才道别。夜晚小街静谧，灯影昏黄，只有路边的花无时无刻不在盛开，花丛里响起虫鸣阵阵。

夏天快要结束的时候，我终于在张万森的帮助下顺利考进了1班。

月考出成绩那天，张万森跟我一起去成绩榜前看结果。张万森还是年级第一，高歌也不错，紧跟其后。我有些紧张，好在最后还是在第四十九名看到了我的名字。

我兴奋地抓着张万森的胳膊，张万森看起来也很开心："恭喜你，1 班见。"

我憋了好多感谢的话还没说，张万森就被同学叫走了。

他跟我说："一会儿见。"

我点头，一会儿见，一会儿 1 班见。

我开心地捂脸，果然功夫不负有心人，有志者事竟成，那些励志故事里说的都不是骗人的。

展宇在成绩榜旁等我，我以为他是想把自己这次没去成 1 班的事怪在我身上，结果他好像并不在意，递给我一个冰激凌，说："别人给的，我不想吃，你吃吧。"

事出反常必有妖。

我看了看他手里的冰激凌，没接："展宇，你要是觉得我突然不跟在你屁股后面让你丢脸了，你想争这口气，证明自己的魅力，那我劝你还是算了吧，没这个必要。"

展宇觉得我莫名其妙，巧的是，我也觉得他莫名其妙。

虽然之前也在 1 班的教室里上过课，但这次真的成了 1 班的学生，心里还是有些激动。我简单做了个自我介绍，表示虽然因为之前砸玻璃的误会我们已经认识了，但还是希望以后大家可以互帮互助，一起进步。

刘嘎给我安排的座位在教室后排，他说："一桌一椅正虚席以待。请坐。"

我看了眼，独钓寒江雪。

我不太确定，问："我一个人坐那儿啊？"

"不要忧虑，"刘嘎又开始了即兴诗歌朗诵，"看似蜷缩在角落，班级景观都囊括，即便一人独落座，风景依旧不错呀。"

好在高歌打断了他，拎起书包说自己想坐后面。我紧跟着在高歌现在的位置，张万森的旁边坐下。

我弯着眼睛看张万森，笑着说："你好哇，新同桌。"

张万森也笑，窗外有光洒在他脸上，放大了他的羞涩："你好，林北星。"

从现在开始，我和张万森就是同桌了。

我可以时时刻刻保护他了。

放学后，我约了杨超洋、张万森还有高歌去海边的良山大排档。张万森帮了我这么大一个忙，我当然也要帮帮他和高歌的事。

夏天还没完全过去，晚上的海边依旧有不少人。

四个人找地方坐下，我先跟高歌解释说让她放心，我对张万森绝对没有非分之想。高歌听着转眼看张万森，像是要确认张万森也听到了这句话一样。

张万森好像很紧张高歌，一个眼神对上，他就端起手里的可乐，有些磕巴地说："哦，那个，呃……恭喜林北星月考成功。"

杨超洋举杯，说："也祝我的演艺事业，更上一层楼。"

几个人手里杯子刚放下，麦子也来了，一点儿不跟人见外地拉了把椅子在旁边坐下。

我看他一眼，嫌弃道："你怎么来了？"

麦子反问："我为什么不能来？"

杨超洋有些担心，小声说："这顿饭不会吃不下去了吧？"

我安慰他，也安慰自己，说："大庭广众的他能做什么呀？吃。"

麦子还真就要了瓶啤酒，跟我们一起吃了起来。

麦子跟高歌吃完去一旁坐着聊天。杨超洋鞋里灌了沙子，边走边倒，等我们三个人过来的时候，他俩已经聊完了。

麦子说自己车里有烟花，提议一起去海边放烟花。

我拒绝。张万森和麦子在一起多待一分钟，我都觉得危险。

我推着张万森回家，麦子拦住不让走，三个人很快拉扯成一团。

高歌在旁边看着，说："别去海边了，去学校放吧。"

然后一行五人便莫名其妙地出现在了学校的操场上。

腾空的烟花在操场上空瞬间绽放，绚烂，美好。

这是我第二次跟张万森一起看烟花了。

好美。

我忍不住双手握在胸前认真许愿祈祷。

高歌问："有没有更响一点儿的，方圆几里都能听到的那种？"

杨超洋认真更正，说："你说的那叫礼炮。"

麦子侧着身子看高歌，说："都几点了，你爸早回家了，别打歪主意了。"

三个人继续说着什么，我听不太清，只认真看着烟花升空，绽放，然后再消散，忍不住感慨道："原来高中生活并没有我想的那么枯燥，这么好玩哪。"

我们可以有烧烤，有朋友，有烟花，有……有无处不在的"光明顶"。

烟花还没放完，"光明顶"就寻着光来了。

几个人吓得赶紧跑开，只有高歌一个人英勇地站在原地纹丝不动，杨超洋回去拉她，然后他们两个人就一起被"光明顶"抓住了。

我跟张万森还有麦子躲在大树后面观察对面的动静，张万森把书包紧紧搂在胸前："这本来就是高歌想要的效果，不然来这儿干吗？"

我没听懂。

麦子解释说："她就是故意气她爸，以前利用我，我还当真了，不知道她现在又喜欢谁哟。"

张万森偷笑。

我慢慢反应过来，惊讶地扭头问张万森："所以她喜欢你是假的，那你干吗承认哪？"

麦子凑在张万森身后听八卦。

"我……"张万森紧了紧书包，"我说过了。"

"你说过什么了？"我无奈，"哎呀，懒得理你，一会儿东一会儿西的。"

对面还是没什么动静，我想找个办法把高歌和杨超洋救出来。

麦子摇摇头表示没辙，然后拍了下张万森的肩膀就走了。

张万森没什么反应，他好像已经挺习惯麦子这样随意地跟他有肢体接触了。

我看着奇怪，问他："你们俩什么时候这么好的？你们俩到底什么关系呀？"

"朋友关系呀。"张万森继续搂着书包，"哥们儿。"

哥们儿？

我叹气。

之前跟张万森说了八百遍不要跟麦子一起玩，结果人家背着我跟他成了哥们儿。

学校的篮球友谊赛要开始了。

嘎子上课前习惯边走边说"请坐"，虽然我到1班这么久，也没见他们上嘎子的课起立过。

放下讲义，嘎子说要组建年级篮球友谊赛的班级代表队，无人回应。

嘎子继续声情并茂地进行鼓励教育，最后只有张万森一个人举了手，说："我参加。"

嘎子夸张万森是英雄豪杰，我也佩服地竖起了拇指。

放学后，我去杂物室找可以做篮球应援物品的材料，回来的时候发现张万森还没走。

我问他怎么这么晚还没回家，张万森对着一个没有打开的本子说："哦，我在写……"

我忍着笑没戳穿他，说着他也发现了自己的本子根本就没有打开，然后不好意思地跟我对视笑笑，问我手里拿的什么。

我展示一下，说："为篮球赛做应援物品哪。"

张万森留下来陪我一起准备了两条横幅，黄底蓝字，上面写着：

高三1班砥砺前行，篮球赛勇夺第一！

然后我又在旁边加了一句：**张万森加油！**

"怎么样，够排面吧。"我把小字指给他看，"有没有感受到我为你加油的诚意呢？"

张万森本来在我旁边乖乖趴着，站起来认真欣赏一遍说："感受到了，就是，字差点儿意思。"

"什么呀！"我故作生气，"有就不错了，怎么还挑三拣四的。"

说着我弯腰去够上面那张横幅，想一起收起来，结果张万森也跟着弯腰凑过来，手按在桌上不动。

两个人面对面离得有些近。

我有些紧张，问他干吗。

张万森不说话，犹犹豫豫看着我，嘴巴抿成一条带括弧的线。然后我看着他抬起手，一点点靠近，小心翼翼地把手放在了我脸上。

张万森的手有点儿冰，但我的脸很烫。

我感受着他的手在我脸上轻轻擦过的动作，整个人都傻了，大脑完全停止思考，但我还能清晰地听见我的心脏在剧烈跳动。

张万森擦完也没解释，有些害羞地起身，拿起两个人的书包说："走吧。"

我也没有继续追问。

出门，外面在下大雨。

张万森很自然地撑起雨伞说："你没带伞吧。我送你回家。"

我确实每次下雨都不记得出门带伞，之前被淋过好几次了，也没改掉这个坏习惯。

我跟张万森一起走在伞下，还是那把熟悉的黑色雨伞。

我扭头看张万森的脸，光线有些暗，看不太清楚他脸上的表情。

我说："其实，我一直想说谢谢你。你让我知道原来青春还可以

这么美好。"

因为张万森，我有了可以重回高中的机会；也是张万森，带我经历了不一样的人生。

挺感慨的。

不想让气氛显得太沉重，我换了个话题，说："下雨了，明天篮球赛不会泡汤了吧？"

张万森说："篮球赛其实……"

雨声太大，我没听清张万森后面说了什么，他也没再讲。

我俩就这样听着雨声，一路回家。

第二天一大早，横幅不知道被谁拿出来丢在阳台上，泡了汤。

张万森安慰我说没事，我的加油他都已经收到了。

可我不想。输人不输阵。我去杂物间想找些东西来做新的应援物品，韩藤藤也来了。她想找我聊聊，我却没这个心思。然后韩藤藤居然趁我找东西的时候，把我锁在了里面。

我听着外面比赛哨声吹响的声音，只好找了把椅子踩上去，拿着手里刚找到的校服在窗边挥舞着给张万森加油。

我拼了命地喊，好在张万森很快就听到了，顺着声音往我这边看了过来。

答应了要给他加油的，那我就一定要让他感受到我给他最大的支持。

我不停挥舞着手里的校服，结果一不小心没拿住掉了下去，我伸手去够，最后校服没够到，脚下的椅子先被我踩倒了。

我整个人挂在窗上，上不去也下不来。

外面球场上到处都是此起彼伏的加油声，根本没有人会注意到这里还有一个挂在窗户上的林北星。

我害怕地闭上眼睛，心想这次一定完了。

时间一分一秒地过去，我听到身后有人推开了杂物间的门，跑过来伸手把我从窗户上抱了下来。

是张万森，是本来应该正在打比赛的张万森。

他救了我。

我看着张万森，不知道为什么突然想起了初中那年篮球赛期间，自己被困在火海里的事情。

那次也是这样，在我以为没了希望的时候，有人冲进来救了我。

张万森送我去医务室，我坐在床上莫名有些失落。

事情被我搞砸了，本来想给张万森加油的，结果却害他没参加成比赛。

展宇听说了我受伤的事也找到医务室来，紧张地问："怎么样，没事吧？"

我又一次想起初中那年的事，看了看他的胳膊，问："展宇，你胳膊上的伤是怎么来的？"

展宇疑惑地撩开衣袖，说是初中的时候被猫抓的。

原来，救我的那个人不是展宇。

我认错了人。

展宇问我还看他打球吗？我能看出他眼神里的期待，但还是摇了摇头："我不想看。"

不想看了。

我现在脑子很乱，乱到我起身时余光看到张万森想要扶我的手，就想也没想地回头问他："张万森，我们以前认识吗？"

窗外的风吹进来，刮过我和张万森的耳畔。

我看着怔在原地的张万森，心想：我们以前，一定认识的吧。

第五章

◆ 原来真的是你 ◆

原来我和张万森高一的时候就在同一个班了。

不过后来分班以后就不在一起了。

张万森笑了下说："你可能已经不记得了。"

我确实不记得，但我也不知道自己还在期待着什么，继续问他："那以前呢？更早的时候，你想想，我们见过面吗？"

张万森想了下，可最后还是说："或许吧，我想不起来了。"

也是，过去了那么久，就算初中那年救我的人是他，他可能也不记得了。

我本想算了，但看着张万森的胳膊，心里还是有一个执念在不停地说，也许呢，也许就是这么巧，也许那个人就是张万森呢？

"张万森，明天早上我们一起吃早饭吧，那家张记豆包特别好吃，我好久没吃了。"

"好。"

张万森点头的那一刻，我脑海里已经有了一个计划。

回家后，我到我哥房间，摘下他挂在墙上珍藏多年的球衣，想着明天让张万森在我面前换上这件衣服，这样我就可以看到他的胳膊了。

我刚把球衣叠好，展宇就发短信来说让我帮他设计球衣，我没回他，也不可能帮他设计球衣。或许，我和展宇现在也算得上是风水轮流转了。

偷球衣的行动刚进行到一半，我就被我哥堵在了房间里。

偷不成，我就借，结果我哥忒小气，不肯借给我，我俩大吵一架。

第二天睡醒，台风天毫无征兆地来了。

因为昨晚吵架的事，我被我哥骗着喝了过期的牛奶，拉了一早上肚子。他忙着嘲笑我，我便趁机溜进他房间偷走了球衣。

出门时想起要和张万森一起吃早饭的事，但看到外面下得正大的雨，心想张万森应该也没去豆包铺，就急忙往学校跑去。

雨太大，教室漏水，学校安排高三年级集中到食堂上课。

张万森在食堂门口等我，我跑过去道歉。张万森将手背在身后，笑了下表示没关系，说他也没去豆包铺。

我看他衣服都湿了，趁机从包里拿出球衣要他换上。

张万森单手接过衣服，跟我确认道："在这儿换？"

我点头，想让他赶紧换上，这样我就能确认他胳膊上有没有疤了。

门口不断有上课的学生路过。

张万森几番拒绝，我又几番要求，偏偏上课铃在这个时候响了。

张万森趁机溜走，我到底是没能看到他的胳膊。

上课前，"光明顶"转着给大家上思想教育课，我心里有事听不下去，写了张字条让杨超洋帮我丢给张万森。

杨超洋摆好阵势："目标张万森，发射。"

然后字条被展宇抬手拦了一下，换了个方向，好巧不巧落在了"光明顶"身上。

"光明顶"捡起字条，把我写给张万森的话念出声："对不起，我不是故意的，放了你的鸽子，别生气。"

念完后，"光明顶"还把我最后一个语气词毫无感情地读了出来："嘿。"

然后整个食堂都跟着"嘿嘿"笑了起来。

"光明顶"问是谁写的，我生气地看了眼展宇，默默站了起来。

然后"光明顶"又问是写给谁的，让那个人也站起来。

我还没来得及解释，坐在我旁边的杨超洋先站了起来，然后是高歌和展宇。

很好，一共放了三个人的鸽子。

"光明顶"最后的决定是一只"鸽子"一张化学试卷，我有三只，所以要写三张。

我听后又悲又喜，心想还好刚才张万森站一半又坐下了，不然就是四张。

一上午就这么过去，雨一直没停。

台风天来得突然，杨超洋的秘密基地也跟着遭了殃。他很难过，课间我去帮他一起收拾，高歌也来了。高歌说话还是很直接，虽然我能听出来她是在安慰杨超洋，但杨超洋不能。最后两个人各说各话地吵了几句，不欢而散。

晚上带着一身疲惫回家，家里沙发上坐着一只抖腿的绿色"青蛙"。

我把球衣丢在"青蛙"身上，林大海拉开拉链，露出两只"青蛙"眼睛，跟我展示他的雨衣，说一件卖两百，他要发财了。

我扭头回房间，嘟囔道："傻子才买呢。"

大雨一连下了几天还没下完。

这样阴沉沉的天气，我一到学校就困得趴在桌上睡着了。

杨超洋叫醒我的时候，"光明顶"正进来通知说学校考虑到大家上下学的安全问题，决定暂时停课。

一阵欢呼。

杨超洋边收拾书包边跟我说，停课其实是因为今天早上上学的时候，有人在路上出了意外，被送医务室了。

我这才恍然发现张万森今天还没来！

我心里一慌，一路狂奔到医务室，站在门口喊："张万森！"

"哦，我在这儿。"

我听见了张万森的声音，却没看到他，只看到床上坐着一只"青蛙"。

"张万森！"

"哎，我在这儿。"

等我确定了这只"青蛙"就是张万森后，我才过去拉开雨衣领子看着他的脸，问他："你没事吧？"

张万森的脸上还有没擦干净的泥巴，脸花花的，说话时人也愣愣的，绕着圈子。

张万森说："校医说，刚才把我送来的小伙子说，他听说我被广告牌砸了。但是，应该没事。"

我奇怪："被广告牌砸了？"

张万森低头，轻轻地"嗯"了一声。

我有点儿不敢相信，这听上去也太倒霉了点儿。

慢慢冷静下来之后，我才发现张万森现在穿的正是林大海同款的青蛙雨衣。

我捏起他的青蛙耳朵，张万森也跟着抬头。

我问他这雨衣是不是花两百块钱买的。

张万森说："哦没有，一百五。"

他说着笑起来，还挺开心的："老板人挺好的，还给我打了个折，他也挺不容易的。"

果然是林大海。

我打断张万森："他有什么不容易的，他就是一个好吃懒做的骗子。"

我一激动，张万森被我吓到了。我坐下来跟他道歉，说卖他雨衣的人其实是我哥。我要把雨衣的钱还给他，张万森却坚持不要："不用不用，买都买了，反正也……挺可爱的。"

张万森说着，反复低头欣赏自己的雨衣。

我继续吐槽林大海，说上次放张万森鸽子就是因为他。

张万森听完愣了一下："上次是因为你哥，才没去吃成早饭哪？"

"对呀。"

我继续跟他讲林大海做的"好事"，张万森乖乖坐着听完，然后笑着说："那……那可以下次再……一起吃。"

嗯。下次一定。

从进医务室到现在，张万森一直穿着他的青蛙雨衣，我又想起自己要看他胳膊的事，于是趁机让他把雨衣和里面湿了的衣服一起脱了，换上我爸怕我冷给我塞包里的备用外套。

张万森这次倒没拒绝，但就是一直坐着不肯换。

最后看他实在不好意思，我也只好拉起帘子去外面等他。

没看到就没看到吧，下次有机会再说。

张万森换衣服的时候，我又说起学校停课的事情，为了不耽误学业还有我那三张没写完的化学卷子，我准备周末去找张万森补习。

张万森说好哇，听上去还挺开心的。

周末，大雨终于过去，天久违地晴了。

我去张万森家补习。可能因为藏在心里的那件事始终没得到答案，跟他在一起的时候，我总是心不在焉地往他胳膊上看。

张万森讲题的时候，两只手偶尔会配合着口中的话比画，我看得出神，问他："你说人的胳膊是省力杠杆还是费力杠杆？"

张万森不假思索地说："费力杠杆啊，初中物理知识。"

我假装自己不理解，想让他用自己的肱二头肌帮忙做个示范。张万森没多想，正准备示范的时候我抓住他的手，侧身过去看他另一边的胳膊。

张万森今天穿了衬衣，翻起来有些麻烦。

我努力往他胳膊上够，张万森就使劲往后躲。

我说："你干吗那么小气呀？给我看一眼，看一眼我就知道了。"

张万森嘴上说着"我不小气"，但胳膊却一直在不配合地反抗挣

扎。最后一不小心，我直接抓着他的胳膊把他整个人按在了沙发上，自己也跟着倒了过去。

我跟张万森对视一眼，两颗心靠近的瞬间，我又想起上次那个雨天，张万森在教室帮我擦脸的感觉。

阳光透过窗落在张万森的脸上，他紧张地闭上眼睛。

我低头看着他，心里有了答案，是心动。

这一刻，我能非常肯定自己对张万森的感觉就是心动。

我有些犹豫，不知道下一步应该装作无事发生地起来，还是继续把头低下去。

正在纠结的时候，张万森家的门响了。

"光明顶"跟高歌一起来的。

"林北星？"

"光明顶"很意外，问我怎么在这儿。我难得乖巧一次，微笑着说："啊，不是主任您留了三张卷子吗？我答不出来，就找他帮忙。"

张万森跟上解释，有些紧张地说道："林北星刚才在跟我请教手臂的杠杆原理问题。"

张万森边说边点头做自我肯定。

我心想果然哪，好学生撒谎的时候，一举一动都夸张得可以被人一眼看穿。好在"光明顶"的心思都在教学上，一听到学生有问题，还真就拿起了个苹果开始给我们做亲身示范。

三个人一起听得发呆，只有"光明顶"真的享受其中。

"光明顶"讲完把苹果放下接了个电话，说学校的雕塑让台风给刮坏了，现在要公开征集新的雕塑设计方案。

我听他说着，想起曾经我给展宇看过南川中学被评为十大最美雕塑的设计。我还挺喜欢的，不过展宇当时看都没看一眼。

"光明顶"在电话里说高三年级不参与了，我等他挂了电话，问道："为什么不参与了，万一我们有好的方案呢？"

高歌附和道："就是！"

"光明顶"解释说学校只给了一天的时间，高三时间宝贵耽误不起，并催促我们抓紧时间做题。我有些不服气，张万森也站起来尝试争取，同样被"光明顶"严厉拒绝。

"光明顶"走了之后，我们想了个主意，把杨超洋叫过来去高歌家拖延"光明顶"回来检查作业的时间。我把之前见过的设计讲给高歌和张万森，并且肯定地说："南川中学的新雕塑就是融合了校徽的元素，还被评为十大最美雕塑呢。"

张万森在一旁拿铅笔盒托着下巴思考："还没建好，哪儿来的评选？"

我没办法解释，只能坚持说："这就是最好的方案了，校徽这么好看，就按照它来准没错。"

一半是书，一半是星星。

我努力回忆着新雕塑的样子，描述给高歌听。高歌画得很认真，张万森在旁边画得也很认真，只不过高歌在一点点朝着雕塑的样子慢慢改进，而张万森一直在重复给他笔下的星星简笔画描边。

高歌趴在桌上一版又一版地认真调整，我跟张万森帮不上什么忙，只能坐在她身后画我们的简笔画，尽量不打扰她。

最后，高歌真的把那个书本里装着知识和星辰大海的设计概念画出来了。

我夸她厉害，高歌说自己跟杨超洋学的，没事偷着练罢了。说完，高歌拿起校徽说他们初中的时候，学校还拿它当过模具做糕点。虽然我和他们不是一个学校的，但这个模具我也见过。

设计方案做完时已经是后半夜了，几个人困得不知不觉就地睡着了。

半夜我醒来的时候，看着对面睡着的张万森，轻轻撩起他的短袖，看到他胳膊上真的有一道疤。我小心翼翼地拿起校徽在他胳膊上比了一下，痕迹完全合上了。

原来，真的是你呀。

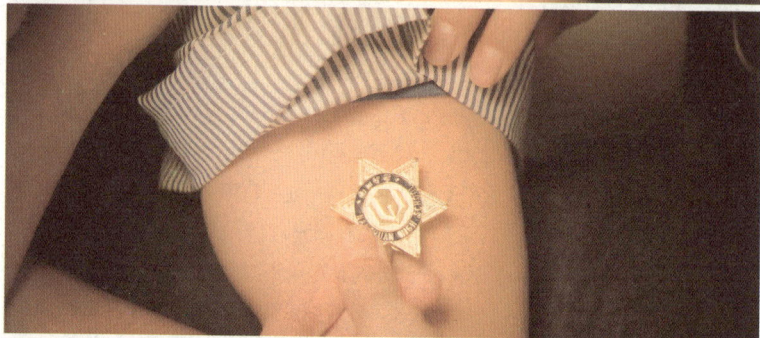

我凑近了看着张万森熟睡的脸，心想从火海里救了我的是你，雨里帮我撑伞的是你，陪我坐摩天轮看烟花的是你，让我重新拥有自己人生的也是你。

真好哇，张万森。

真好，这个人是你。

早上跟高歌他们一起上学的时候，嘎子拦住我们，说学校通过了我们的设计方案，后面会按着我们的设计草图找专业设计师加以完善，等台风彻底过去，就可以动工。

"太好了！"我激动之下转身抱住张万森。

他完全愣住了，手里拿着没吃完的煎饼，被我抱得手足无措。

一个月后，夏天随着台风的过去彻底结束了。

南川中学的新雕塑开始动工，学生们也都换上了秋季校服，高歌送了杨超洋一副新快板，并约好了帮他一起修整秘密基地。

一切都在朝着好的方向慢慢发展，我甚至满心欢喜地以为，一切都会像现在这样继续变好。

直到我抬头看见了校门口的麦子——染红头发的麦子。

我这才意识到，那些我不希望发生的坏事，依然在我看不到的地方慢慢滋生着。

因为红头发麦子的出现，接下来的几天我都心神不定的。

帮杨超洋收拾秘密基地的时候，一张废弃桌子从上面掉了下来，我没有察觉，是张万森从身后把我拉到怀里，才躲过了这次危险。

我抬眼和他对视，看着张万森近在咫尺的脸，时间仿佛又回到了初中那年。

知道张万森就是当年救我的那个人之后，我其实一直都有很多话想跟他说。

张万森松开我，两个人默契地同时往后退了几步。

张万森先开口："你没事吧？"

"我没事。"

说完又不知道该说什么了，怪怪的。

张万森可能也觉得尴尬，转身说去买水。我快步追上去跟他一起。

从小卖部买好东西出来，我在心里酝酿了很久，还是决定告诉他："张万森，谢谢你呀，又救了我一次。算起来，你都救了我三次了，我真是欠你越来越多了。"

张万森抱着零食跟我慢慢走着，转头轻声问："三次？"

我告诉他："初中校际篮球比赛的时候，你也救过我一次。只不过那个时候，我认错人了。"

说起来挺遗憾的，这声谢谢迟到了这么多年。

张万森声音轻轻的，问我："你这么确定，那个人是我呀？"

"你手臂上的疤呀。"我指了下自己的胳膊示意。

张万森笑了，很开心。

我心里也有一种释然："可能你已经忘了你救的人是我吧，但我不会忘了你。"

说完，我无比真诚地侧脸问他有什么心愿，我愿意为他效劳。

"那你呢？"张万森反问，"你有什么心愿？"

"我的心愿就是希望你可以平平安安的，没有什么意外。"

张万森还是浅浅笑着，停下来问我："你为什么，总觉得我会有意外呢？"

我暗自叹气，之后的事情他还不知道，但我已经重复经历过无数次了。那种无能为力的感觉，我不想让张万森也知道。

我跟他说："我好不容易有你们这些好朋友，当然希望你们都可以平平安安的，一直陪在我身边。"

"你说得对，好朋友嘛。"

张万森回应，声音软软的。

路上还有台风天过后的积水，学校里很安静，我又一次跟张万森并肩慢慢走着，真希望未来也可以像现在这样，永远不会有跳塔的意

外，永远就这样什么都不用想地慢慢走下去。

回到秘密基地，杨超洋苦着一张脸，没精打采地坐在旧椅子上，高歌有些着急无措地站在他旁边，问我们怎么才回来。

张万森以为他们吵架了，高歌却摇了摇头。

杨超洋说秘密基地不用修了，因为刚才"光明顶"来过了，告诉他们这里将要修成车棚。

原来"光明顶"一直都知道这个秘密基地的存在。

杨超洋还是很难过，我们也跟着有些惋惜地环顾四周。高歌在这里画过画，杨超洋曾经无数次一个人在这里偷偷练相声，我和他在这里煮过豆浆，跟麦子比过做实验，张万森也是在这里答应了要帮我补习的。

秘密基地不仅仅是秘密基地，更是我们的梦想和友情开始的地方。

现在，它马上就要被拆掉了。

"白忙活。"

杨超洋越说越委屈，就好像他的梦想也要跟着破碎了一样。

我安慰他说："你信我的，我跟你保证，你以后一定有更大的舞台。"

高歌也难得语气软了下来："杨超洋，我替我爸向你道歉。"

"你干吗？又不是你的错。"

一个安慰，一个反向安慰。

我跟张万森默契地对视一眼，想着他俩是什么时候起关系这么好的。

杨超洋看我们跟着难过，终于打起精神来说秘密基地没了不算什么，现在他就去找个新的，问我们要不要一起去。

遗憾的是，我们三个晚上都有事，没办法陪他。

晚上我去修车铺找麦子。店里没人，我进去发现桌上放着一件带血的校服，上面挂着张万森的校牌。我还没想明白这是怎么一回事，有个人突然出现，指着我说我偷东西。我强装淡定地反驳，然后拿着张万森的校服准备离开。

那人想要拦我，我脚下速度加快，结果还是被他抓住了。我正不知道该怎么挣脱的时候，展宇不知道从哪里冒了出来，帮我推开了那个人。那人朝展宇脸上不管不顾就是一拳。我和展宇还没反应过来，很快，一大群人就循着声音追来了。

我拉起展宇拼命奔逃。

南川后街有很多交叉的小路，我跟展宇跑过一片自行车存放处，展宇把车子放倒了拦住后面人的路，然后拉我到小路拐角找了个角落躲起来，顺便还拿个纸箱子套在我头上。我气喘吁吁地又着腰，看着眼前的黑暗，心想展宇一定不知道有个成语叫"掩耳盗铃"。

外面追赶的声音渐渐弱下来。展宇帮我拿下箱子，我看着他，两个人同时开口："你怎么……"然后得到了一样的答案，"放学路过"。

我担心那群人再追回来，准备跟展宇赶紧离开这里，结果刚出路口，就被一个端保温杯的大爷慢悠悠地喊住了。

刚才逃跑的时候我还瞥了眼，他气定神闲地坐在一边喝茶呢，本来还以为是哪个看热闹的大爷，结果是存放处管理员。

收拾好地上那些被放倒的车子，我跟展宇也都累了，在球场边找了个位置坐下休息。

我跟展宇道谢，展宇边擦手边说："举手之劳。"

本来还以为展宇今天终于正常了点儿，结果他紧跟着又说道："林北星，我琢磨了几天，发现你就是嘴硬，说什么不想进啦啦队，不想当我的小跟班，根本就是胡扯。"

展宇说得一脸认真，我甚至没办法劝自己说他是在开玩笑。

我无奈地笑了下，问他："展宇，你知道我以前为什么跟着你吗？"

展宇正正身子，笑着自我欣赏般地说了起来："那还不是因为我长得高，长得帅，篮球又打得好。"

我纠正他："是因为你胳膊上的那道疤。我以为那场篮球比赛期间救我的人是你，所以我才对你好的。"

展宇好像突然慌了起来，他搓搓手，低头试探地说："那也不一定不是我吧？"

"是张万森。"

展宇沉默许久，才开口说："林北星，我今天是不是也救了你一次，那你可不可以考虑一下，重新对我好？"

"可是我现在已经不想了。"

我回答得毫不犹豫，展宇劝我凡事要给自己留条后路，说话不要那么绝对。

"况且，哪有什么先来后到哇。"

"以前我也觉得有些事没什么道理可讲，但其实不是这样的，很多事都要讲道理的。就像以前我对你的好，可能什么都谈不上吧。"

展宇不反驳，只小声说："但我知道你肯定喜欢我。"

"那也只是个误会。"

一个我给自己编织的，只有我自己沉浸在里面不肯醒来的误会。

我迷失在自己错误的执念里，就像展宇现在对我一样，其实他在乎的也并不是我。

展宇不服气："你怎么知道我不在乎你。"

我看着他，想起我和他那几年的很多事情："这个道理，你现在可能还不明白，等过几年你就懂了。"

该说的都说完了，我起身回家写作业。

展宇站在我身后说："但是我知道，我对你的喜欢肯定是真的。"

或许吧，或许那个时空里的展宇也像现在的他一样是真的喜欢过我，但他不知道的是，他的那份喜欢是短暂的，流沙一样握不住的。

课间我跟张万森一起到阳台上做题透气。

想着麦子的事，我有些心烦意乱。张万森也看出了我有心事。

我问他："你觉得麦子怎么样？"

"麦子呀……"张万森想了下认真讲，"麦子呀，他虽然比较早踏入社会，跟我们的生活不太一样，但是，他人讲义气，也很善良，所以还是个不错的人。而且吧……"

张万森一直在夸麦子，听上去他是真把他当朋友了。

我打断他，问他知不知道台风来的那天自己到底是怎么受的伤。

张万森有些心虚："广告牌砸的呀。"

我追问是不是麦子打的，张万森抿抿嘴，扯开话题试图说服我："我知道你对麦子的敌意很大，但是，不能断然说他是坏人。他也可以是我们的朋友。"

"你不相信我？"

张万森解释："我没有。"

我坚持说："你就是不相信我。"

张万森低下头，轻轻说："我相信你。"

虽然张万森说得很真诚，但我这次也是真的不相信他是真的信我。

上次在学校门口见过麦子之后一直没再见过他，再见面，是他在我哥开的美妆店前跟我哥吵架。我躲在灯牌后，听到林大海说自己亲眼看到麦子他们打了那个买他雨衣的人。我想起修车铺那件带血的校服，终于想明白了整件事的来龙去脉。

麦子走了以后，我上前问林大海跟他是什么关系。林大海看上去跟麦子也不是太熟，说是麦子见他生意好，所以来找他收保护费的。我看着麦子骑摩托车离开的背影，心里越发坚定，高考结束后，在灯塔害死张万森的那个人，就是麦子。

红发坏人，我一定会阻止你的。

英语课，嘎子给我们放电影，我一个片段也没看进去，只在本子上不停画着麦子的红色头发，想着要怎么才能阻止他伤害张万森。

嘎子叫我起来，问我是不是有什么话要说。我站起来偷偷撕掉本子上画的红色头发，攥在手里，看着一脸期待的微笑的嘎子说："朋友嘛，就应该两肋插刀，互相帮助。"

"一语中的！"

嘎子很满意我的回答，接着又开始继续分享他从文学作品中总结出的人生道理，直到李明天打断了他，嘎子这才开始给我们安排作业，也是这个时候我才听清楚，原来他刚才给我们放的是《飞屋环游记》。

为朋友两肋插刀的《飞屋环游记》。

南川的秋天很短暂，仿佛一场夏末的大雨过去，转眼就是冬天。

很快就到了高三这年的寒假。杨超洋带我们去看他新的秘密基地，这个富二代小少爷用零花钱在学校外租了块风水宝地。高歌问大家假期有什么计划，张万森想约我们去郊外露营。我有些奇怪，问他为什么突然要去露营。张万森正想着怎么回答，他的电话就响了。

我看张万森下意识想去挂电话，没忍住好奇看了眼，来电显示是麦子。

又是麦子。

我担心张万森的安全，所以抢过他的手机接了电话。

果然，露营是麦子的主意。

我挂了电话，批评张万森说："露营人烟稀少的，万一遇到危险怎么办？不许去。"

我以为张万森会因为我的拒绝不开心，但他只是乖乖地，用请求一样的语气，说道："不会的。去吧。"

我心软了。

既然张万森这么想去，那我就陪他去好了。只不过，去可以，但绝对不能跟麦子这个危险人物一起去。

晚上，我又去了修车铺找麦子，麦子吊儿郎当地坐在门口，嘴里也不知道在自言自语些什么。我大步走过去问他到底想干什么，麦子仰头看我，一脸无辜的样子："我怎么了？"

我深呼吸，警告他说："我来就是想告诉你，离张万森远一点儿，他跟你不一样，他是我们学校最好的学生，不能因为你断送了前程。"

麦子站起来朝我逼近："你把话说清楚，什么叫因为我断送前程，我做什么了？"

"你别以为我不知道你是干什么的。"我努力镇定地反击回去，并把店里那件带血的校服找出来给他看，"带血的校服就是证据。"

麦子不屑地笑了一声，走过来在我手边的桌子上坐下："林北星，你当我麦子什么人哪？"

"我不管你是什么人。你就是不能拿朋友当幌子接近张万森，你拿什么跟他做朋友？"

听后，麦子不说话，别过脸去的瞬间，神色有些失落。

我知道自己说的话有些重。但如果不这样，麦子就会一直是张万森身边潜在的危险。

"是，我不配，我就是不安好心，可以吧？"

麦子回过神来指了指校服，眼神突然凛冽了些："你说那是血。对，我就是想弄死张万森，我从一开始就想弄死他，你想怎么着吧？"

麦子说完走开，拿了扳手去修车。

我跟着转身，低头看到了地上掉落的粉色兔子头绳。记得那天早上，我妈说当年张万森跳塔的现场也有一个这样的粉色兔子头绳。

所以说，麦子就是凶手。

我震惊地看着他说不出话。

麦子的仇家也在这时找上了门，我躲在修车铺里看他们两群人在外面对峙，然后听见麦子大喊了一句"矮冬瓜"，紧跟着就是一阵烟雾弥漫，等浓烟散开，我再次看清局面的时候，双方已经打在了一起。

很快，麦子就被一个光头打进了修车铺，按在地上拳打脚踢。我害怕地蹲在地上准备报警，然后我看到麦子起身反抗，把那人按在柱子上拼了命地往死里打。

我害怕极了，第一次觉得死亡的危险就在自己眼前，而我面对这一切，又是那么无能为力。恍惚中，我好像又看见了张万森被麦子按在墙上，一拳接着一拳地打，永无休止一样。

当时的张万森一定也很疼吧，他会不会也像现在的我一样，无助又害怕。

我哭着报了警。

那样孤立无援的感受，我不能让张万森再经历一次了。

这天晚上，随着警察的到来，这场打斗终于结束了。

南川街道四处弥漫着迎接新春的欢乐气氛。我看着麦子被警察带走，心里好像也没有想象中一块石头终于落地的开心。

过年这天，万家灯火通明，报纸上刊登了麦某被判处有期徒刑六个月的信息。

我起身看向窗外，烟花漫天。

后来，我和高歌还有杨超洋还是答应了跟张万森一起去郊外露营。

张万森跟我聊起麦子的事，我感到有些心虚和沉重。好在张万森说这是麦子应该上的一课。我才渐渐真的放下心来。

冬天的郊外确实很美，树木枯黄，却刚好跟夕阳的余晖很契合。

我还挺喜欢冬天的，虽然冷，但我们都知道冬天一定会过去，之后就是充满希望的春天。等麦子再回来的时候，恰好是我们高考完，希望那时候的他，也会以另外一个样子出现在我们面前。

高歌和杨超洋在营地吵吵闹闹地准备晚上吃的东西。

我跟张万森散步回来，突然想再跟他说点儿什么，于是我停下来看着他，抬手在夕阳的光里一笔一画地写给他："祝张万森同学，新年快乐，新的一年，茁壮成长。"

张万森也写了一句话给我，写得很认真。

我问他写的什么，张万森说："祝你开心。"

我说："就这？"

张万森笑笑："开心没那么容易。"

他说得没错，"开心"两个字说起来简单，但真的做到和拥有其实挺难的。所以当我们感到开心的时候，就更应该好好珍惜这些瞬间。

张万森笑起来的时候，跟他身上的阳光一样，令人觉得暖洋洋的。

我让张万森伸手，然后给了他一颗糖，心想，那我也祝你开心吧，就祝你像现在这样永远开心。

晚上吃饭，高歌和杨超洋在对面凑到一起，打趣我和张万森今日的穿搭——他戴着黄色的帽子，身穿紫色上衣，而我则是紫色帽子搭配黄色外套——倒像是故意配对的。

挺巧的，但我没好意思说。

高歌在对面用眼神奇奇怪怪地示意张万森说些什么，我也看向张万森，然后他犹犹豫豫地说："紫色，挺好的。"

高歌叹气："真是够笨的。"

这似乎不是她想要的回答。

紧接着，高歌就把我叫到了一旁，问我觉得张万森怎么样，我看了眼张万森，说："朋友哇，大家不都是朋友吗？"

高歌问我："真的只是朋友？"

我惊讶："他连朋友都不想跟我做了？"

高歌懒得跟我继续弯弯绕绕，直接说："人家年级第一，天天只给你一个人补课，你觉得只是朋友哇？"

我下意识回头看张万森，他还是一个人安安静静地坐在那里。

高歌又继续跟我说了张万森为了帮我偷看月考试卷的事情，虽然我觉得高歌不会骗人，但还是有点儿不敢相信。如果这些都是真的，那为什么张万森从来没有说过？

回去后我试探着问张万森，张万森说是高歌瞎说的。也不知道为什么，张万森否认的那一刻，我心里其实有一些失落。

"我就说嘛，"我有些尴尬地笑笑，"天天缠着你让你给我补习，你烦都快烦死我了，怎么可能还为了我费这个心思呢，是吧？"

"嗯。"

"啊。"

两个人各说一个语气词，然后就陷入了长久的沉默和尴尬。

手套不知道什么时候破了个洞，为了不让自己显得太过局促，我就低头抓起了手指。

冬天的月光洒在地上，看上去有些清冷，我看着发呆，然后听见张万森叫我。

"林北星，"他顿了很久，"你是不是喜欢我？"

张万森说得很轻很快，但我还是听清楚了。

我应该否认的。

但我的嘴巴动了好久，都说不出一个"不"字。

我说不出来，因为张万森说得没错，我就是喜欢他。

高歌和杨超洋过来叫我们放烟花，张万森不等我回答，起身跑走了。

没关系，我心想，有些喜欢即便没说出来也没关系。

以后有的是时间，他会知道答案的。

第六章

◆ 我找到你了，张万森 ▶

郊外的夜晚，抬头就可以看到璀璨星空。

张万森给我递烟花的时候，我看到了他手上的粉色兔子头绳。

我心里一紧，明明麦子都已经被抓了，为什么还会有粉色兔子头绳？

我看着张万森对着烟花虔诚许愿。

虽然不知道他许的什么愿望，但我希望他的愿望都可以实现，而且是平平安安地实现。

等他再次睁开眼，我问他头绳是哪儿来的。

张万森低头看了一眼，说是别人送的，一个对他很重要的人。

他没说那个人是谁，但我能从他的语气里听出来，那个人对他来说真的很不一样。

晚上回家后，我躺床上睡不着，一闭眼就是张万森手上的粉色兔子头绳。

我想不明白，为什么麦子都已经不在了，粉色头绳却还在。如果头绳真的是张万森的，那他会不会是自杀？又或者，那个送他头绳的人会不会跟他的死有关系？

一夜辗转反侧，我暗下决心，一定要把这件事情搞清楚才行。

第二天一早，我拿上准备好的泡泡机，敲开张万森家的门。

"小张，早上——"

本想对张万森打一个热情满分的招呼，结果门打开，里面出来一个我不认识的中年男人，是张万森的爸爸。

见我来了，张万森的爸爸邀请我和他们一起吃早餐。

我跟他们一起在餐桌前坐着，有些拘谨。

本想客气两句夸叔叔手艺好，做的饭跟外面早餐店的一模一样，结果张万森拆台说这就是从早餐店买的。

张爸爸有些尴尬，换了个话题，说别看张万森现在这样，小时候脸跟个糯米团子似的，张万森的妈妈也喜欢把他当小女孩打扮，扎辫子、穿裙子。

我慢慢听着，好像知道他的粉色头绳是怎么来的了，原来是他妈妈送的。

张爸爸说完，接了个电话出门，我放松下来，跟张万森边吃边聊，简单问了下他父母的工作情况以后，我才把话引到正题上："你爸妈经常不在家，你是不是觉得很孤单哪？"

张万森疑惑："啊？"

我解释："我是想说，你都这么大的人了，总是带着小时候妈妈给你买的东西，是不是缺乏母爱呀？"

怕他不好意思，我话说到后面的时候，特意把声音也压低了些。

不过张万森还是被我的话给呛到了，一口饭没咽下去，全咳了出来。

张万森解释说我误会了。

我才不信，他就是不好意思。

我怕张万森以后一个人在家孤单，邀请他去我家吃饭。张万森跟我客气一下，我再次邀请，他就开心地笑了，没点头也没拒绝。

张万森拿起我放桌上的泡泡机，问是什么东西，我说怕他寒假无聊，想带他出去玩。然后拿过泡泡机，展示给他看。我打一个泡泡，他戳一个泡泡，再打一个，再戳一个……

张万森笑笑说："等我给你做个厉害的。"

如果其他人说这句话，我可能会觉得他在吹牛，但如果是张万森说，那我就会真的相信。

因为，他是张万森。

张万森真的给我做了一个超厉害的泡泡网。我和他一起在阳台上撑起泡泡网，风一吹，漫天绚烂的彩虹泡泡四散飞舞。

泡泡很好看，张万森笑得也很好看。

我很少看到他像现在这样，像个小孩子，展现出无忧无虑、毫无保留的开心。眼前的一切，美好、浪漫得像是童话。在这个故事里，只有幸福，没有悲伤。

杨超洋约我陪他去听相声大师的讲座，等他的时候有些无聊，我就一个人去逛了礼品店。

杨超洋去了半天才回来，还以为他跟相声大师拜把子去了呢，结果他说自己连大师的影子都没见着，倒是提升了艺术修养。

艺术修养？确实，相声也是门艺术。

我把手里的猩猩挂件举到脸边，笑着问他说："可爱吗？"

"你要送我？送我就可爱。"

"当然不是送你了，"我把挂件拿手里反复欣赏，"送张万森的新年礼物。"

"送猩猩就是送星星。"

杨超洋立马就明白了我的意思，我不好意思，准备给他也选一个礼物。

结果一转身就碰见了张万森的爸爸和一个女人动作亲昵地站在一起。

我记得张万森说他妈妈没有回国，于是拉杨超洋躲到一边暗中观察。

我听到那女人拿着个玩具问张万森的爸爸："你说万森会喜欢吗？"

我忍不住小声吐槽："张万森又不是小孩子，拿玩具就想收买他。"

结果杨超洋在旁边拆台："你不也要送他玩具吗？"

我沉默。

张万森的爸爸离开之后，我拉杨超洋过去抢了那女人手里的玩具。她看上去有些生气，但也没说什么，只是重新拿了一个，于是接下来她拿一个，我抢一个，直到我把这些玩具全都要了，喊道："杨超洋，刷卡！"

最后我和杨超洋拎着几袋子玩具出门。

我叹着气问杨超洋："你说这男人，有老婆、孩子，为什么还要出轨呀？"

杨超洋无辜道："我又没有老婆、孩子，我哪知道哇？"

我小声嘀咕，张万森本来就没人管没人顾的，现在父母关系又这么危在旦夕，我得帮帮他。杨超洋没听明白，我直接安排他继续跟踪他们，然后拿走那个猩猩挂件，让杨超洋把剩下的都退掉。

刚才冲动了，我只要一个猩猩就够了。

我急着回家便先走一步，之前说好了要带张万森一起去我家吃饭。

他被我拉到了楼下还在打退堂鼓，我不依，软磨硬泡地拉着他往前走。

张万森还想往后退："那我买……买点儿水果。"

"不用，带着人就行了。"

张万森依然坚持要买水果，最后没办法，还真让他提了够我们家吃一个星期的水果，他才愿意跟我上楼进门。

我妈做了一桌子菜。

我给张万森夹虾，他不好意思地拒绝我："对虾过敏。"

我便又给他夹鸡腿。

我妈提醒我说："人家想吃什么自己夹什么，你这样弄得人家很拘束的。"

我小声暗示她来人了别说我，结果我妈说得更大声了。我无奈，紧接着我爸因为帮我讲话，也成了被批评的一方。再然后，他们就饭菜咸不咸、餐桌大不大的问题斗起了嘴。

一顿饭吃得吵吵闹闹，一如往常。

我示意张万森赶紧离开这个战场去我房间。外面的斗嘴声还在继续，我俩在床边席地而坐。我让张万森别介意，我爸妈今天也不知道怎么了，让人笑话了。

"我觉得这样挺好，"张万森看门口一眼，"多热闹哇。"

外面说话的声音渐渐停下来，房间里也突然变得很安静。

我怕张万森无聊，从抽屉里拿出我的《美少女战士》漫画和贴了水冰月贴纸的相册给他看。我很喜欢《美少女战士》里的一句话："不管多少次都可以重新来过，因为这里是宇宙，是星星们和可能性出生之地。"

相册里有一张我小学时候拍的照片，我指了指，问张万森："这个是我，你能看出来吗？"

照片里的我一头爆炸式的短发，看起来像个小男孩儿。

张万森笑着摇摇头。

我对这张照片印象很深，我开始跟他回忆起那次小学春游，我哥用一顿麦当劳骗走了我的长发，回家后我抱着我妈哭了一个小时。

张万森对着那张照片看得出神，可能他也觉得短发的我看上去和现在很不一样吧。

过完年以后，南川的夜晚也慢慢变得不再那么寒冷。

吃完饭，我跟张万森一起下楼散步，街上还挂着过年时的红灯笼，风一吹，跟脚下的树影一起摇摇晃晃。

张万森手揣在兜里慢慢走着，问我："怎么突然想到让我去你家吃饭哪？"

我跟着他的脚步，说："我就是想，你们家老是没有人嘛，一回生二回熟，你可以到我们家来吃饭，以后就不用总是一个人了。反正你以后要是遇到什么事，你就第一时间告诉我，我可以帮你排忧解难。因为……"

张万森侧过脸看我，安静地等我继续说下去。

因为我想保护你，又或者是因为我喜欢你。

一时间我也不知道应该是"因为"哪一个，于是干脆敷衍过去："哎呀，反正你就告诉我就对了。"

张万森听完笑笑："因为你有月棱镜威力。"

他记得我刚才跟他说的，自己小时候的梦想是成为水冰月的事情。

我很开心："对呀！"

张万森也很开心，笑出了声，很好听。

脚下的光影好像也在跟着开心地跳舞，我前前后后追着光走，真希望这条路可以这么一直走下去呀，没有终点。

第二天，杨超洋那边终于有了新情报。

我接到电话就着急忙慌地跑过去，准备好好帮张万森出口气。

"走！"

我带杨超洋一起推开包厢的房门，站在门口对着里面那个女人大喊："你！不要破坏别人家……"

家庭。

话还没喊完，桌旁的三个人一起扭头奇怪地看着我，我这才发现，张万森和他爸爸也在。

我突然意识到大事不妙，杨超洋自然也意识到了，于是拍拍我的肩膀先行开溜。

"你好，我是张万森的妈妈。"

张万森的妈妈过来跟我握手的时候，我觉得自己已经尴尬得忘记该怎么呼吸了。

原来我以为的张万森爸爸的出轨对象，是张万森的妈妈，亲妈。

我坐在他们一家对面尴尬地笑着，张万森的爸妈看上去很恩爱，妈妈讲话也很温柔，除了不记得张万森海鲜过敏，送了张万森他并不喜欢的粉色豹子毛绒玩具……其他，都挺好的。

不过我一个外人也不好有什么看法，而且还是一个误会人家出轨的、有些唐突的外人。

"保卫家庭"风波后，不久就开学了，不知不觉转眼就到了高考倒计时90天的时候。

张万森作为优秀学生代表上台演讲，我在台下认真听着，看着。

台上的张万森目光坚定自信，闪闪发光，在我心里也一样闪闪发光。

杨超洋坐我旁边，凑过来小声跟我说他的秘密，他碰上星探了，那人说他很有潜力。

杨超洋这人单纯，又那么热爱相声，我第一反应就是提醒他："你不会碰上骗子了吧？"

杨超洋倒是一点儿没怀疑，重新坐好了，说："你不信算了。"

我不是不信他，我是不信所谓的星探。

张万森演讲结束后，被"光明顶"叫到了办公室外面谈话，我路过的时候刚好听到他在跟张万森讲他妈妈要让他出国的事情。

原来张万森爸妈回来是为了这个。

张万森回教室后，我看他心不在焉的，一直在等他跟我讲这件事，结果他就是一个人坐着发呆，什么也没说。

我只好主动问他："想什么呢？这么严肃。"

张万森犹豫了好久，好不容易下定了决心似的问我："你觉得出国做无国界兽医怎么样？"

我想起刚才在楼道里，听到"光明顶"说他妈妈希望他成为一名无国界兽医，以及那天在饭桌上，张万森妈妈送他粉色豹子时还说"我说你喜欢你就喜欢"这样的话。

我担心张万森是因为他妈妈的压力，才想要放弃高考而出国，于是直接反对说："不怎么样，有什么好的呀，又脏又累的，还要到处

跑。安安心心准备高考才是最重要的。"

张万森点头，不过脸色看上去还是有些沉重，不太开心。

我把猩猩挂件送给他，他也只是拿起来直接放在了抽屉里。

放学后，张万森没有跟我一起回家。

我一路都在叹气，跟杨超洋说："我觉得张万森今天很不对劲，非常不对劲，他很奇怪。"

杨超洋说我才奇怪，还分析说我之所以觉得这件事奇怪，说到底就是因为我也不想让张万森出国。

我是不想让张万森出国，但这是因为我不希望他做自己不喜欢的事。

我跟杨超洋解释了一堆，但杨超洋最后还是只用一句话就戳破了我。

他说："舍不得就舍不得，找这种'伟光正'的借口干什么呀？"

我承认我舍不得张万森："我其实是想跟他说的，但我觉得他不想跟我说话。"

杨超洋说："那就过几天再说呗。"

可是过了几天，张万森还是不愿意跟我讲话，状态也不是很对。

上课他就趴在桌上睡觉，没精打采的，我看着着急，却又不知道该怎么跟他说。

有些当时没能说出口的话、没解释开的误会，一旦犹豫太久，错过了时机，再开口就会变得很难。

一模考试成绩出来，张万森第一次从年级第一掉到了年级第十。

我叹气，杨超洋说成绩进进退退的很正常，旁边有人说起隔壁高中有人因为高考压力太大跳楼了，杨超洋说张万森不会那么傻想不开的。

我知道杨超洋是在安慰我，但我还是提不起精神。

放了学，我不知不觉就走到了张万森家门口，也不知道自己现在来这儿干吗，反正张万森也听不进去我说的话。正犹豫着要敲门进去还是离开的时候，张万森的妈妈回来了，她上前问我："星星，你怎么在这儿？"

我顾不上跟她打招呼，直接说："阿姨，您一定要让张万森出国吗？"

"他都告诉你啦？"

"嗯。"我点头，干脆把这段时间一直憋在心里的话一股脑儿全讲了出来，"您别逼他了，他现在压力很大，一方面是学校需要考试，另一方面就是您对他的要求，他不知道自己该怎么办。您很久没有回国了，其实您不了解他。他喜欢什么东西，不喜欢什么东西，不是您能决定的。"

张万森的妈妈听完后若有所思地笑笑，语气还是那么温柔从容："我是不够了解万森，但是有一点我很确定哦，当无国界兽医，可是他从小的心愿。"

随后她拿出张万森小时候的照片给我看，照片里的小张万森像个小女孩儿似的。

张万森的妈妈告诉我说，因为她一直想要一个女孩儿，所以张万森小时候经常被她打扮成女孩儿的样子。但是有一天，张万森突然跟她说自己不想被打扮成这样了，还说想要做一名无国界兽医。虽然她也不知道那天到底发生了什么，但就从那天起，张万森变了，变勇敢了。

这张照片，就是那天拍的。

我把照片拿在手里端详，慢慢想起来一些画面，小女孩儿，无国界兽医……

我想，我和张万森或许真的在很久以前就认识了——在初中那场篮球比赛之前。

回家后，我妈帮我一起找到了小时候的小铁盒。

我打开它，很多尘封的记忆也跟着慢慢苏醒过来。

盒子里有我和张万森小时候在动物园拍的集体合影，有粉色兔子

头绳——跟张万森一模一样的头绳，原来我也有一个。

兜兜转转这么久，还好我找到你了，张万森。

我把两个人小时候的照片摆在一起拍照发给他，道歉道："对不起，我之前误会你了，如果你出国是为了完成自己的梦想，我一定支持你，加油！你一定会实现梦想的！"

如果出国做无国界兽医就是张万森的心愿，我说过了，我愿意为他效劳。

张万森一直没有回我消息，一直到第二天上学，手机都一点儿动静都没有。

我看着旁边空空荡荡的桌子，自己趴在桌子上心里也是空落落的。

快上课了，张万森还是没来上学。

杨超洋倒是来了，他告诉我："听说有人要出国了，手续都办好了，不会是张万森吧？"

我来不及多想便起身冲了出去。

张万森要出国了，可我还有好多话没来得及当面告诉他，没有鼓励他实现梦想，没有说我舍不得他，没有告诉他我们很小的时候就认识了，没有说出"我喜欢你"。

张万森，我喜欢你。

我拼了命往张万森家跑，却敲不开门，最后只能难过地转身离开。

也许那些没来得及说出口的话，一旦错过了，最后也就只能随着时光被淹没在茫茫人海吧。

好在命运又一次给了我机会。

张万森没走。

我听着大门被打开的声音，回头看到他的那一瞬间，只觉得眼前原本已经灰暗下去的世界又一次明媚了起来，就连张万森家门口纷纷落下的花瓣都变得好看，不再那么伤感了。

"你没走哇？"

"你怎么来了？"

真好，他还在。

原来张万森感冒了，没回我短信是因为手机摔坏了，还没来得及去修。我看到那个猩猩挂件已经被他挂在了手机上，也看到了他桌子上放着的是"野生动物保护协会考核报名表"。

张万森装作不经意地拿其他卷子把那张报名表盖上，但已经来不及了。

我犹豫着问他："你……要出国啦？"

"我……"张万森说着突然咳了起来。

我赶紧讪笑两声，说："也对，感冒了就好好养病，我跟你说你在家哪儿也不许去，记得好好吃药。那……我先回去了。"

我的话前言不搭后语。

张万森听着点头。

我起身赶紧走，有些害怕听到他的回答。

关于张万森要出国这件事，我还没有想好要怎么面对。

接下来的几天，张万森都没来学校，倒是杨超洋一下课就往这边跑。

我吐槽他说："我看你干脆转班算了。"

杨超洋说："你以为我不想吗？那不是成绩不允许嘛。"

杨超洋在一旁吃零食吃得津津有味，看上去心情很不错。我就不一样了，我还在为张万森要出国的事发愁。

杨超洋又有秘密要告诉我，还让我答应他不告诉别人。他说自己已经通过了之前碰到的那个星探的相声考核，可以直接去学习了。

"啊？"我表示震惊，说话声音也没忍住高了些，"那你不参加高考啦？你去学相声啦？你不上大学啦？"

杨超洋皱眉，四下张望着提醒我声音小点儿。

不过已经晚了，高歌也听见了。

她走过来抢了杨超洋的零食，问："你不考大学啦？"

杨超洋只好把自己的秘密也告诉了高歌。

高歌边吃零食边说："你不会被骗了吧？一看就不靠谱儿。"

说实话，我也觉得不靠谱儿，但高歌比我厉害，她不仅没收了杨超洋的零食，还直接说："我不同意。"

杨超洋不服气，扭头说："你同不同意关我什么事呀？我又不是来跟你商量的。"

我听着他俩吵架有意思，忍不住心想，这个世界上还真是很多事情都是当局者迷呀。

杨超洋给我看他打印好的准备留作纪念的高考考号，结尾是"01"。我想起来之前几次高考考场上缺考的01号考生，以及十年后杨超洋成为相声大师的事，恍然大悟。

我激动地推了杨超洋一下，让他放心去，说他不用参加高考也一定能成为一名著名的相声演员。

"真的？"杨超洋很受鼓舞，"你这样才算真正的好朋友，不像有的人，"杨超洋回头看高歌，嘴里嘀咕着，"就只会泼冷水。"

泼冷水。

杨超洋不说这三个字还好，他一说，我意识到，其实我也泼了张万森的冷水。

我试探着问他："那要是你朋友，真的让你放弃你的梦想，你会生气吗？"

杨超洋义正词严："凭什么？"

我心虚："那也是舍不得了，没办法呀。"

"那他就不是真正的好。"杨超洋说着还骄傲地扬起了下巴，"这样的朋友不要也罢。"

"梦想跟高考二选一，其实挺难的。"

杨超洋毫不犹豫地反驳道："别人我不知道，反正对我来说轻而易举。"

我听着，转头又开始为张万森的事情苦恼，也许对张万森来说，这个选择也是轻而易举吧。

不过杨超洋的话也让我想明白了，如果你真的对一个人好，就应该站在他身后鼓励他去追求梦想。

回到家，我拿出小时候和张万森的合影，决定约他明天下午两点在南川动物园见。

我到的时候，张万森已经等在动物园门口了，手里拿着两杯奶茶来回踱着步子，看上去已经等了很久。我跑过去把小时候的照片拿给他看，虽然他一句话没说，但我能看出来他眼睛里的开心。

张万森说："我还以为你都忘记了。"

原来张万森一直都记得小时候的事情。

"嘿嘿，"我看他开心，心里也跟着松了一口气，"我记起来了，但也没有记得很清楚。对不起呀。"

我跟他道歉："张万森，其实，无国界兽医我并不是很了解，我那天只是误以为你是被逼着出国，所以才那么说的，但是如果你从小的愿望就是当无国界兽医，我当然会站在你的身边，无条件地支持你了。"

我仰头跟他对视，时间仿佛一下又回到了小时候，这里的一切和我们，都没有变。

张万森想了很久，认真问："无论我做什么，都支持我吗？"

我也一样认真地点头："上刀山下火海，我都会支持你的。"

张万森低头笑笑："倒也没有那么严重。"

看他不生气了，我转身去售票处买票。

售票员看我高兴，问我是不是第一次跟男朋友来动物园。

我没反应过来："男朋友？"

"在你身后哇。"

我转身，回头看到的是在树下等着我的张万森。

张万森在等我。

一直在等着我。

全世界在你的身后，在你的过去。

"全世界"是下雨天帮我撑起的黑色雨伞，是公交车上一路的陪伴，是一次又一次在危险里接住我的那个人，是当我回头看，一直在我身后的张万森。

原来我早就找到你了。

我找到你了，张万森。

第七章

◆记得抬头，记得回头◆

那天，我跟张万森一起把动物园的每一个地方都逛了一遍，逛到最后，园里都已经没什么人了。

张万森边走边跟我科普动物的生活习性，其他的我不知道，但眼前这三只老虎我认识，跟我上班的时候一样懒。

我靠近了想再观察一下，结果它突然一声怒吼，我被吓得往后躲，紧接着就被张万森护在了怀里。

张万森的手轻轻搭在我头上安抚我，我贴着他的胸口，听着扑通扑通的心跳声，一时也分不清到底是张万森的，还是我的。

直到有人过来提醒我们要闭园了，我和张万森才分开。

我认出了那人，惊讶地喊他："园长！"

园长疑惑道："你认识我？"

我赶紧否认说："不认识。"

心里心虚地想着，估计他也不会很想认识我。

回家路上我一直忍不住开心地回头看张万森。

张万森跟上来问我干吗一直回头。

"你不懂，"我把那个钓鱼人跟我说的话又简单翻译了下讲给张万森听，"这海里的鱼呢，是顺着海浪游的，但是大海就在身后，所以要记得回头看，才能看到属于你的全世界。"

张万森没有回头，但他抬头看了夜空。

我也跟着仰头，今晚的南川一抬头就可以看到满天星辰。

走累了，我和张万森靠在岸边围栏上聊天。

我问他这两天是不是要交申请了，张万森没说话，我告诉他其实他生病那天我就在他家桌子上看到报名表了。

说到出国，气氛突然有些沉重。

"如果我出国的话，可能以后就没那么容易回来了。"

张万森扭头看我，说着又有些急切地补充，自己其实也没必要非得现在出国。

我问他这么好的机会犹豫什么，张万森欲言又止。

"张万森，我知道。"我说着有些紧张地弄了下头发，试图让自己可以像个大人一样，成熟、理性地看待这件事情。

我安慰他说："我知道，分别对于现在的我们来说，确实很难接受，但是等我们以后长大了，我们就会发现，分别其实是一件很平常的事情。更何况，现在这件事情是你喜欢做的呀，你不知道我多羡慕你呢。"

"但……"张万森犹豫了一下，"但我还是想留下来陪你高考。"

虽然听他这么说我很开心，但我还是调整好情绪轻轻拍了拍他脑袋，教育他说："要不我说你们这些小屁孩儿分不清轻重缓急呢。谁说两个人一定要在一起才是陪伴哪，我们俩不在一起，可以打电话呀，而且过不了几年，我们俩就可以视频了呢，相信我。"

张万森抿起嘴巴，挑了下眉，算是信了我说的话。

无国界兽医实习资格的考核在四月，如果通过了，张万森很快就会走。

本来还想跟他一起去看烟火大会的，看样子是来不及了。

我把之前准备好的平安符送给张万森，想着就算没有我在他身边，神明也会保佑他心想事成，完成自己的梦想。

就这样，我跟张万森和好了。

心情好的时候，回家路上脚步都是轻松的。

"林北星。"

展宇在我家门口等我，见到我后就把我拉到一边，单手撑墙把我圈在他跟前，问我今天干什么去了，为什么不接他电话。

"我干什么去了，为什么要告诉你呀？"

我不想跟展宇继续纠缠，说完一脚踩在他脚上，头也不回地离开。

展宇还在纠结以前的事情，我本准备停下来跟他好好聊聊的，结果他提到张万森出国的事，语气还是那么冷嘲热讽。我一生气直接上楼，只听到他在后面说自己以后不打球了，也不参加体育考试了。

幼稚。

这天晚上，我心里又有了一个计划。

张万森出国之前，我要再送他一个礼物。

我去动物园找园长，想要说服他在这个月办一场烟火大会，把后来他在会上给我们讲的那些什么收益呀、市场啊、宣传哪，统统分析一遍，结果他居然没有同意。

我只好实话实说，办烟火大会其实是想给即将离开南川的朋友留下一个回忆。园长这才有些动摇，让我先拿方案给他看看。我答应下来。没想到十年后没完成的工作，在这个时空里还是要一样不落地做完。

烟火大会的事情要瞒着张万森，所以这几天放学后，我都没跟他一起回家。

快高考了，家里电脑的密码被我妈改了，所以我只能去网吧写方案，结果碰巧遇到了展宇。

展宇好像是真的在拿考试跟我赌气。我听见他跟旁边的人说自己不参加考试了，没忍住过去对他一通批评教育，他好像还是不太服气。

不过展宇虽然有些气人，但有时候也不是一点儿用处都没有。

网吧不给穿校服的人开机子，正好展宇朋友的妈妈喊他回家吃饭，托展宇的福，我"捡"到了一台机子。我在他旁边坐下，敲下了

熟悉的七个字：烟火大会策划案。

张万森打电话问我怎么没上晚自习，我不好告诉他，只让他先帮我顶一下。说话的时候，展宇问我吃泡面吗？我说不吃。我要争分夺秒写策划，然后赶紧挂了张万森的电话。

因为熬夜，所以白天张万森给我补习的时候，我也听得昏昏沉沉的。张万森有些担心，但都被我敷衍了过去。

还不是告诉他的时候，我要送他一个惊喜。

这段时间辛苦是辛苦了点儿，不过好在烟火大会的策划案终于通过了，我可以继续往下进行问卷调查了。这一步却不太容易，动物园门口来来往往那么多人，但几乎没有一个人愿意停下来帮我填写问卷。

我正发愁不知道该怎么办的时候，展宇不知道从哪里找了过来，要帮我一起做调查。接下来的工作很顺利，不得不承认，有时候展宇这张好看的脸确实管用，让我一筹莫展的事情，他轻松就能搞定。

我这几天太累了，二模考试时没忍住在考场睡着了，打呼噜还让"光明顶"误以为我带了手机，又闹了笑话，考试成绩也是意料之中的过山车式下滑。

嘎子找我去办公室谈话，跟我说起当初自己风风火火跟他称兄道弟要转来1班的事。我听着也有些感慨。嘎子鼓励我说，希望我心里的那一股冲劲，不只是初生牛犊不怕虎，而是能够一往直前，不半途而废。

我听得感动，认真答应。

我第一次觉得原来老师和学生之间的关系，也可以是像朋友一样的陪伴和鼓励。

周末我继续去动物园做问卷调查，展宇借了一套大灰狼玩偶服穿在身上，夸张是夸张了些，但工作确实也比平时顺利了更多。

张万森打电话问我在哪儿，我撒谎说在看书。

结果转头就看到张万森打着电话走了过来。

谎言被戳穿了。

张万森拉着我要走，我请求他让我做完这最后一天。

张万森没松手，说他以为我这段时间的努力学习都是认真的。展宇在旁边想帮我，张万森看了他一眼，松开手问我："这就是你撒谎的理由吗？"

"不是！"我看着张万森离开的背影喊道。

心里也不知道是委屈还是难过。事情好像又一次被我搞砸了。

我解释说："我只是想让你在走之前看一场烟火大会。"

张万森回头了，可我不想再说话了。

晚上园长打电话问我怎么没参加今天的决策会，我想了下，还是说这次烟火大会的策划我不能继续了。

园长很生气："当初可是你一腔热血要搞的，你现在说不干就不干了，你对得起你自己吗？想走就走，想来就来，你们这些年轻人……"

熟悉的声音，熟悉的话术，简直跟十年后我认识的他一模一样。

挂了电话后，我坐在床上忍不住叹气，心想林北星啊林北星，你有了高考答案有什么用呢，你连自己想要做什么都不知道。

杨超洋约我晚上到海边看蓝色荧光海滩，张万森也被叫来了。

我知道，杨超洋是在找机会帮我跟张万森和好。

海浪阵阵，浮游生物闪耀着幽蓝色的光芒在水中漂浮翻涌，像是无数颗星星落进大海里，荡漾出一条属于海洋里的银河。

"对不起。"

"对不起。"

我跟张万森面对面站着，同时开口道歉，然后相视一笑。

为了可以多一些时间陪我参加高考，张万森把考核时间改到了六月。

展宇去北京参加体育大学的考试了，高歌最近也在准备美院的校

考，六月的时候，杨超洋和张万森也要去实现他们的梦想。

只有我，还不知道自己想要做什么。

我跟张万森在海边安静地坐着。

张万森指了指北极星说："北极星下面的勺口，那里才是北斗七星，其实它们之前并没有什么关联，但是千百年来，人们都是看着北斗七星才找到北极星的，然后，让它在黑暗里指引自己前进的方向。"

张万森说完，静静地抬头望着星星，我也静静地看着他。

"你知道吗，"张万森说，"北极星并不是最亮的那颗星，但是，它对我们有特殊的意义，才会被人们所熟知。不知道要做什么并不可怕，只要你一步一步地往前进，总会有一天，你能找到属于自己的那颗星。"

我问他："可是即使是北斗七星，也会有被乌云遮住的时候哇，那我们怎么找北极星呢？"

"没关系呀。"张万森想了下，指了指自己的胳膊，"这里还有一颗专门给你指路的星星。"

那颗，为了保护我而在他手臂上永远留下来的星星。

这天晚上，杨超洋把之前给我看过的考号单给了张万森，原来"01"号座位是张万森的，"光明顶"给杨超洋打印错了。

所以当年没有参加高考的人，就是张万森。

我心里疑惑，难道当年他就是因为没有参加高考才自杀的？可是如果张万森是因为没有参加高考而去了灯塔，那我为什么会在高考后见到他呢？

灯塔的事情，又有了新的疑点。

时间很快就到了高考倒计时四十天。

班会上，嘎子让我们在纸上写下自己的对未来的展望。我没写，因为我不知道自己的未来会是什么样子，我甚至都不知道六月的我和张万森会是什么样。

我反复跟张万森确认他要参加的无国界兽医实习资格考核的事

情，但心里对他为什么会在高考后死去这件事还是没有答案。

放学后，张万森去动物诊所实习，我不放心，就在外面等他。

展宇又在给我打电话，这段时间他总是给我发短信，还自说自话地要我跟他一起去北京。

我解释半天他也不听，对牛弹琴，干脆直接拉黑了他。

张万森从诊所跑出来，在路边狂吐不止。我都有点儿担心，他的脸色看起来很差，似乎很辛苦。

晚上我跟张万森一起回家，我好久没有跟他一起回家了。之前还以为自己能慢慢习惯接下来没有张万森在身边的日子，可是当我们又一次像现在这样安静地一起走着，不知道为什么，我突然后悔了。

我拉住张万森，问他："张万森，你能不能不要走？"

我说着有些哽咽，深呼吸努力让自己冷静下来："我知道我这样说很自私，我之前还跟你说什么分别是一件很平常的事，可是离你离开的日子越来越近，我就害怕，我怕我们以后，再也见不到面了。"

张万森安静地听我说话。

五月，南川的花都开了，风里也有了夏天的味道。

我告诉张万森，说我想和他一起，一起去北京上大学。

张万森轻声问我："认真的？"

我点头。

我想清楚了，甚至从来没有这么清楚过。如果张万森想当兽医，那我就陪着他。而且我都已经查过了，农大就有一个动物医学专业。为了张万森，我一定会考上农大的。

"对不起。对不起，我后悔了，"我像是害怕张万森下一秒就会不见一样紧紧抓着他，"张万森，你能不能不要走啊？"

张万森眼里藏着夏天的星光，温柔地看着我，说："好。"

没有更多的语言，但我开心地笑了，笑着笑着就红了眼眶。

张万森小心翼翼地牵住了我的手。

我低头看着，心想，张万森，这一次我一定会紧紧抓住你的。

接下来我们两个人反复推托"谦让"，最后决定张万森的报名表由我来撕掉。我站在路旁的椅子上，看撕碎的纸片随着飘落的花瓣向远处飞扬，仿佛全世界的烦恼也都跟着一起消失了。

考核报名表上，张万森的那张照片被我留了下来，紧紧拿在手里，跟它一起留下的，还有眼前这个正在看着我笑的张万森。

我答应张万森以后要靠自己的努力用功学习。回家后我撕掉了自己记下来的高考答案，因为我相信张万森，相信他一定会帮我跟他一起考上农大。

张万森一直都是说到做到的。

三模考试那天，我惊讶地发现有些事情变了，原本的高考题目提前出现在了三模试卷上。虽然不是很想，但我还是一不小心就考了个年级第一。韩藤藤到办公室跟嘎子检举我作弊，路过的张万森帮我做证说我没有。

一番争论后，嘎子把我单独留了下来。我刚想跟他继续解释考试的事，结果他拿出我那天在班会上什么也没有写下的关于未来的白纸，跟我聊起了梦想，说诗人雪莱曾经写过"今天微笑的花朵，明日它便枯萎"，而没有梦想的人，就像那朵微笑的花一样，可能明天就会凋零。

我不想凋零。

回到教室，我跟张万森解释这次考试的事情。

"不管你信不信……"

张万森却说："我相信你。不管你说什么，我都相信你。"

杨超洋出事了。

高歌说杨超洋给她打了电话，开口就叫"姐"，还要借钱，她怀疑杨超洋被限制了人身自由，她给我们听杨超洋的电话录音时，我和张万森已经跟着高歌一起坐上了赶去解救杨超洋的大巴。

三个人在车上商量好等下解救杨超洋的分工计划：我和高歌先去

了解情况，张万森负责殿后。

张万森奇怪道："我殿后？为什么？"

我捏捏他的脸，说："你长得这么乖，谁会相信你呀。"

天生就是一张不会骗人的脸，不被人骗就不错了。

我跟高歌到了明星学院见到杨超洋之后，发现他确实碰上事了，不过解救计划没有成功，我跟高歌还有杨超洋一起被关了起来。

杨超洋跟高歌绑在一起，越聊越动情，就好像这个屋子里跟他们一起绑着的我根本不存在一样。不过这次我心里并没有很害怕，还有张万森，他会来救我们的。

时间一分一秒地过去，很快，那扇隔绝开我们和外界的门被打开了。

又一次，我又一次像现在这样，感受到希望在一瞬间向我涌过来的感觉。像夏夜的萤火，为我织起了一片平凡生活中的英雄梦想。

杨超洋爸妈来了，嘎子也来了，还有张万森。

张万森逆着光直直地向我跑来。

你看，只要有张万森在，我就什么都不用怕。

事情是解决了，但杨超洋的爸妈却不让他说相声了。为了让他开心一点儿，我约他们晚上一起去动物园看烟火大会。虽然上次的策划没有成功，但张万森留下了，我们还是赶上了这场烟火大会。

四个人对着烟火许愿。

张万森说："我希望可以考上北京的大学，和林北星一起。"

杨超洋说："我希望能够成为真正的相声大师。"

高歌说："我希望能一直画画。"

而我的愿望，就是希望我们的愿望都能够实现，都能够找到属于自己的未来。

烟花带着人们的希望在夜空里绽放，照亮了黑暗。

我曾经无数次地想，我梦想中的生活是什么样子。现在好像已经渐渐有了答案，就像现在漫天的烟花一样，我的生活已经被施了魔法，那未来也一定会闪闪发光吧。

离高考越来越近，我最近总是反复梦到张万森坠塔的画面。

梦里瓢泼大雨，空无一人，我站在灯塔上拼命喊他，却没有人回应。

晚自习的时候我又想起这个梦，我想得害怕，出去透气，张万森跟了出来，和我一起站在走廊上发呆。

我问他："我们一定能顺利通过高考吧？我们一定会等到高考结束的那一天，然后一起去北京，对吧？"

张万森抬起头，看向天上的星空。

"会的。"

我看着他的眼睛，突然觉得自己眼睛湿湿的。

我在心里安慰自己说，这一次，张万森不会消失不见的。

晚上睡觉前，我想到张万森一个人在家，打电话嘱咐他要锁好门窗，检查电闸、阀门、燃气灶……虽然知道自己说的这些跟他跳塔的事情没有关系，但我还是忍不住想把所有的危险都从他身边一一排除。

挂了电话，张万森真的按着我说的检查了所有地方，并给我拍了照片。

我有些开心，心里松了口气，不过晚上还是睡不踏实。

张万森好像知道我睡不着一样，给我发了短信，我回电话给他，然后两个人一起背着元素周期表，我听着他的呼吸声才渐渐睡着。

晚安。

再醒来，又是拍毕业合影的日子。杨超洋还是老样子，穿了他的长袍大褂，不一样的是，这次我和张万森站在了一起，前后排。

合影结束，展宇好像疯了。他拿着"光明顶"的大喇叭站在教学楼前喊什么"我是一个体育生，学习不好，但这次高考一定会好好发挥证明自己"。

我回头看着展宇，突然发现一个人一旦不管不顾起来，看上去真

挺像发疯的。

曾经的我，也这样疯过。

"不必在意即将到来的六月的风暴，梦是温柔乡，只有我们的心变得恬静，才能化作一道闪电，照亮夏日的夜。"

高考前的英语课，嘎子没有讲题，而是让我们好好睡一觉。伴着嘎子诗朗诵的声音，教室里慢慢安静了下来，我趴在桌上，有风吹起窗纱，窗纱轻轻摇曳，摇出夏天的恬静。

张万森在我对面趴着，我听着他在我身边安静的呼吸声，这一刻仿佛世界都暂停了，静悄悄的，只有我们彼此存在。

真是一场温柔的美梦。

高歌拿到了美院的证书，晚上她邀请我住她家，这样可以离张万森近一点儿，顺便也能帮忙劝劝她爸。结果刚进门没说几句，她就跟"光明顶"吵了起来，我不好继续在场，只好躲去了隔壁张万森家。

张万森听我说完事情的来龙去脉，一会儿说要我睡在他家，一会儿又说要送我回去。结果他着急忙慌地解释一堆，还没说明白，"光明顶"就一脸慌张地敲开了张万森家的门："万森，看见高歌了吗？"

高歌不见了。

我跟张万森一起出去找高歌。结果高歌没找到，倒是碰到了展宇。展宇对着张万森就是一顿指责，抱怨他耽误我学习。我跟展宇解释他也不听，然后拉起我要送我回家，张万森拦住不让，我就被他们扯在了中间。

最后是我爸把我带回了家。他觉得我大半夜和两个男生纠缠不清，对此很恼火。

平时都是我妈喊我，我爸拦着，这次难得是我爸要打我，我妈拦着："差不多得了啊，我给你发挥空间了。"

三个人乱成一锅粥，喝醉回来的林大海也加入了这场战斗，说着他的"大海丽人"要销往全球的胡话。不过我得感谢林大海，要不是他帮我转移火力，估计今天一晚上都不会消停。

而那一夜，杨超洋找到了高歌，抑或是，高歌找到了杨超洋。

我跟张万森被分到了同一个考场。

看考场那天，张万森问我一直在担心的事情是什么，我便把那个关于灯塔的噩梦告诉他。

张万森看了看时间，然后带我去了灯塔。

夏天的风吹过，白色灯塔矗立在海天之间。

张万森拉我跑上灯塔，我们并肩站在塔顶，张万森说起高三开学的时候，我连哄带骗把他带到了这里，但他当时其实心里很开心，后来他就经常自己一个人来这里。

张万森说："也不知道为什么，后来我来这里的时候心情就会变得很好，不管有多少烦心事，都会忘记。"

这一次，换张万森让我闭上了眼睛。

"起风了。"张万森说。

我和他一起闭着眼睛听海浪翻滚，听海鸥飞过的声音，感受海风吹着阳光，慢慢地落在我脸上，心里的恐惧好像渐渐跟着消失了。

张万森说："那天你问了我一堆稀奇古怪的问题，我也不知道你想让我想起些什么，明明和你有关的一切，我都记得那么清楚。"然后他看着远方，"明天是什么样，未来是什么样，我们很快就会有答案了。"

我听着，慢慢睁开眼睛，第一眼看到的就是张万森。

他站在光里，眼神坚定地告诉我："什么都不要怕，明天我会陪着你进考场的。"

这一刻，我忽然觉得，其实站在灯塔上往远了看，风景真的很不错。

因为有张万森和我一起，所以未来的答案，也许真的会变得不一样吧。

这一次，张万森真的没有缺考。

他和我一起坐在了高考的考场里，然后又在考后的雨天，一起撑伞走出了考场。

我害怕他高考结束会去灯塔，于是拉着他跑到了我们第一次认识的地方，南川动物园。

我要在那个噩梦发生之前一直守着他。

张万森又一次带我坐上了摩天轮，因为他觉得在摩天轮里躲雨比较浪漫。

我听着雨声，有些焦躁不安地等着这一天赶紧顺利过去。张万森分了一只耳机给我，还是那首在公交车上和他一起听过的歌，很熟悉，让人安心。

"高考过去了，但是以后的生活还很长，"张万森说，"我一直以为你是一个天不怕地不怕的女孩儿，但我发现，你也会有你的脆弱，有时候也会胆小。但是我觉得这样挺好，因为这样，我就可以……可以一直在你身边保护你。别紧张，明天就要到了。"

我听着张万森说话的声音，一颗悬着的心慢慢放了下来。

是呀，我也跟自己说，明天就要到了。

一切都会好起来的，除了摩天轮意料之外地坏掉了。

不过这次我没有害怕，因为张万森在我旁边抓住了我："没事，不要怕，我陪着你。"

我和张万森在摩天轮里坐着睡了一夜，醒来的时候摩天轮已停在地面，里面却空空荡荡的，只有我自己。我冲出去，看到了刚买了早饭回来的张万森。我跑过去紧紧抱着他，感到一种失而复得的庆幸。

高考后的死亡魔咒终于被打破了，张万森活了下来，我也没有回去。

我和张万森一起迎着晨光从园里走出去，他跟我画押为证，说他以后就是我的人了。

一切都结束了，我终于可以放心迎接我的新生活了。

和张万森一起。

这个暑假，我和张万森一起做了很多以前没来得及做的事情、拍大头贴、通宵唱歌、逛街、喝奶茶、看电影，然后一起回家。

爱因斯坦的相对论推测，只要能够达到光速，时间就会停止。

这一年的我努力全速前进，终于阻止了那些不该发生的事。

我明白这一切得来不易，十八岁不是结束，而是我们故事的起点。

谢师宴那天，大家都很开心。高中三年，一切悲伤和压力，好像都结束在了毕业那一天。后来我们再次坐在一起，谁也不愿意记得谁和谁有过争吵，大家想要记下的、留在心中的，就只有美好的回忆。

张万森在和农大的师姐讨论高考后填报志愿的事情，我吃醋，起身去海边吹风。展宇好像喝多了，脸红红地跟过来和我说要我做好准备，他要开始追我了。

他好像还是没有明白我已经不喜欢他了。

我不愿跟他多说，转身要走，展宇站在栏杆上威胁我，让我停下继续听他讲话，问我为什么不愿意再给他一次机会。

"林北星，我没办法了，我实在想不出任何办法。"

我看着展宇这副无措的样子，一瞬间像是看到了曾经的自己，也终于明白了为什么当初展宇就是不愿意再给我一次机会。

喜欢和不喜欢，是没有办法勉强的。

我没答应他，展宇竟真的跳了下去，虽然因为楼层太矮毫发无损。

等他上来，我告诉他其实我不是没有给过他机会，我们曾经在一起八年，甚至还差一点儿就办了婚礼。但是现在，我真的已经不喜欢他了。如果展宇一定要让我给他机会，那就像当初我明知道他不会游泳还憧憬水下婚礼一样，不切实际，强人所难。

我也不知道这次展宇有没有真的听明白，但我能说的只有这些了。

回去后，张万森约我周末去水族馆。

我看他今天在谢师宴上这么受欢迎，心里还是吃味，便没直接答应他："也许可能有时间吧，我要安排一下。"

张万森左右纠结一下，突然轻声道："有没有空嘛……"

我怀疑他又在背着我偷偷看什么乱七八糟的情感攻略，但这招儿确实有用，我已经在心里答应了。

第二天我就收到了一个匿名快递，上面写着：下午三点水族馆不见不散。

收拾好东西，我满心欢喜地去水族馆赴约。张万森穿着大熊玩偶服，手里捧着花朝我走来。我接过，好笑道："好了，我知道你的心意了，我答应你。"

"你说什么？"

那只熊摘下头套，里面的人不是张万森，而是展宇。

误会了。

展宇一路跟我解释，但我不想听，头也不回地往外走。

水族馆有些昏暗，张万森不知道什么时候从我身后跑过来，话也不说一句，直接拉着我就跑，一直跑到他家门口才停下。

我跑累了，弯腰喘了口气，再起身的时候，就看到了路口有一个跟着跑过来的人。

是麦子。

他出来了。

我哥的"大海丽人"出事了。

麦子告诉我说他们是来找我的。因为我哥欠了麦子老大雷哥的钱，而且人已经跑了，所以他们想利用我让林大海回来。

麦子开始时不知道我就是林大海的妹妹，知道以后才来找张万森一起商量办法。

麦子还愿意帮我，我很感谢他。

张万森送我回家。我问他如果不是我今天刚好撞到，他是不是就不打算把这件事情告诉我了。

张万森承认道："我不想你面对这些事情，我只想你开开心心的。"

上次露营，他说的也是祝我开心。

我让张万森放心，说我会保护好自己的。

接下来几天我都没有出门，林大海也一直没有回来。

在家待得无聊，我给张万森打电话，结果楼下很快就响起了手机铃声。我推开窗，看到张万森就在我家楼下。

这几天他一直守在我家楼下。

我开心地跑下楼，还没跟张万森说上两句话，雷哥的人就来了。张万森紧张地把我抱在怀里，躲了起来。

我又一次听到了他扑通扑通的心跳声。

负责在我家门口盯梢的混混很快转了回来，有手电筒的光照在我们身上，张万森拉着我就跑。我们在南川的街头沿着一条又一条小路亡命般奔跑。

张万森抱着我躲进一条只容一人通过的小路里，两个人侧身面对面站着，两个人的心跳也连在了一起。

小路街边灯光昏黄，我看着张万森，感觉就像是做梦一样不真实。从小路出来，张万森说，麦子告诉老雷说我出国了，这件事总算是告一段落了。

张万森请麦子吃大排档，麦子说他接下来准备去当兵了。

麦子说："为了保家卫国去打架，多帅。"

麦子也找到了自己想做的事情，我挺为他开心的。

我为之前的事情向麦子道歉，麦子无所谓地说："为朋友两肋插刀的事，我从小到大没少干。你现在把我当朋友也不晚哪。"

但我还是很感谢他，真心希望他也可以拥有一个简单、美好的未来。

高考成绩出来那天，爸妈陪我一起查的分，585分，很不错。

但是，要想跟张万森一起去北京上农大，就有些不太保险了。我没敢告诉张万森，说好了要一起跟他去北京的，我不想让他失望。

一起去图书馆的时候，张万森还在兴致勃勃地帮我选专业书，我更不知道该怎么开口。后来碰见了来图书馆自习的高歌，我才把这些天憋在心里的顾虑告诉了她。高歌安慰我说："想去的话就试试呗，不试试怎么知道行不行。"

我问高歌考得怎么样，本来以为她已经稳稳拿到了美院的通知书，结果这会儿才知道她准备复读了，以后也不准备学画画了。

虽然高歌嘴上说着"后不后悔的，又能怎么样呢"，但我看她手里拿着的还是一本美术书。她那么喜欢画画，现在说放弃就放弃了，我心里还是为她感到难过。

晚上跟张万森去海边散步，刚好碰到在海边吃大排档的刘嘎和"光明顶"。

我决定帮高歌一把。

我灌下一大口酒，壮着胆子指责"光明顶"根本就不知道高歌心里想的是什么，她想得那么简单，不过是提起笔来就是山河凌云，星辰大海。纸上的世界，就是高歌心里的宇宙。但就是这么简单的想法，"光明顶"都不懂她。

"光明顶"还在坚持说画画没用，我反驳他："可很多时候，人们就是靠着图画来感知、了解这个世界的。"

我借着醉意告诉"光明顶"，如果高歌从此以后不能画画了，她一定会后悔。就算她学了画画也会后悔，但她至少不会有遗憾。

"光明顶"似乎有些明白了。

我醉醺醺地夸他说："'光明顶'是个好老师。"

"光明顶"也一点儿不谦虚："我就是个好老师！"

但是，很快他又低下声音问我："但是你说，我是个好爸爸吗？"

"你要是让高歌学画画，你就是个好爸爸。"

我跟"光明顶"都醉了。

他感叹："哎呀，当个好爸爸有那么容易吗？"

我也感叹："哎呀，干什么事容易呀，干什么事都不容易呀。"

我好像彻底醉了。

回家的时候，路上已经没什么人了，只有张万森背着我踩着月光和灯影回家，安静极了。

我趁着醉意，告诉他自己考了585分："我做梦都没想过我能考585分，可是都这么高的分数了，我去农大还是很危险很危险的。"

说话间我忍不住哭起来，我害怕自己不能跟张万森一起去北京。

张万森慢慢把我放了下来，帮我擦掉眼泪："不会的，你一定可以的。"

可我就是很害怕。

我哭着问他："如果我没有被录取，去不了北京怎么办？你会跟别的女孩儿跑了吗？"

张万森摸摸我的头，轻声安慰："不会。"

他把我搂在怀里，摸着我的头慢慢安慰，我听着他的心跳声，渐渐平静下来。

"你知道相对论吗？"我问张万森，"我们站在同一个地方，只要一抬头就能看到月亮，同一个月亮。"

我回头看张万森，他正仰头看月亮。

今晚的月亮很好看，张万森也很好看。

张万森就是我的月亮。

我踮起脚尖，在他脸上亲了一下，轻轻的，浅浅的，像是怕吵到谁一样。张万森回过神来看我，眼睛和月光一样亮晶晶的。

我笑了笑说："张万森，送我回家吧。"

他又一次背起了我，我在心里想着，就让今晚的月光再亮一些吧，让这条路长一些，再长一些吧。

我跟张万森一起毕业了。

领毕业证那天，韩藤藤告诉我她跟展宇表白失败了，接下来准备出国。虽然这些都跟我没有什么关系，但就是因为没有关系了，所以我还是想嘱咐她一句，出门在外的，要自己保护好自己。

也是这天，高歌和杨超洋正式宣布在一起了，两只手牵得紧紧的。

杨超洋问我："懂？"

"什么情况？"我惊讶，"我不懂！这种鲜花插在牛粪上的事，我当然不懂了。"

杨超洋反驳我，说他们这是郎才女貌，然后开心地拉着高歌一起约会去了。

等到他们走了之后，张万森也拉起我的手，然后不知从哪里变了朵花出来，戴在我的手指上。虽然隐隐约约觉得哪里不太对劲，但我只顾着开心，盯着花欣赏了半天。

回家路上，张万森跟我说，如果这次我去不了北京的话也没关

系，我复读，他就陪我一起复读。

我笑他傻。

然后张万森跟我拉钩，约定说："去北京一起，不去北京也一起。"

张万森问我明天还要不要去见展宇，我点头。展宇之前约我在水族馆见面，我没瞒着张万森，直接告诉了他。虽然我已经不喜欢展宇了，但有些话还是要当面说清楚的。

我和张万森走到家门口的时候，看到林大海缩头缩脑地躲在家门口不敢进去。

林大海终于出现了。我从背后一把抓住他，林大海给我看了存折，解释说自己已经凑够了二十万元，等到把钱还了就马上回家。

我信了他。

林大海走了之后，张万森问我："现在可以放心了吧？"

虽然这段时间一直没说，但我心里确实一直惦记着林大海的事。现在林大海可以把钱还上，我也可以放心了。

第二天，我按约定去了水族馆，找了一圈都没看到展宇在哪里，直到看到有个人穿着潜水服在一群鱼里不断跟我挥手比心，我才认出他。

我对着展宇笑了笑。

说实话，很浪漫。但这份浪漫终究还是太迟了。

展宇说，他为了我上次说的水下婚礼学了一个暑假的潜水，但还是不小心呛了水，搞砸了。我很感谢他为我做的这些，但我不能骗他，也不能骗自己。

"说实话，你可能不信，我们也有过一段很快乐的时光，曾经我也非常喜欢你，就像你现在一样，喜欢一个人到忘记了自己。但是我后来才发现，只有找到自己，别人才会真的喜欢你。"

展宇听完，沉默了很久："林北星，我觉得你好像跟以前不太一样了，不知道为什么我的眼光总是会不经意地看向你，就感觉，你人好像在发光一样。"

喜欢一个人的时候，那个人在我们眼里是会发光的。

我跟展宇说："其实我也有喜欢的人了。他在我眼里就是像太阳一样的存在，也会发光。我得走了，我要去告诉他，我喜欢他。"

也许是展宇这一刻的勇敢感染了我，我突然很想现在就去找张万森，把我对他所有的喜欢都告诉他。

展宇没有拦我，这一次，他说的是："好，祝你成功。"

我知道，展宇释怀了，虽然还是会难过一阵子，就像我心里的那八年一样。

张万森生日那天，我接到了农大的录取通知书，我终于可以和他一起去北京了！

晚上我带他去酒吧，两个人在震耳欲聋的鼓点跳动声里，跳着我们仅会的兔子舞。

我跟张万森说，我做了一个好长好长的梦，梦里的一切都非常真实，真实到我觉得这个世界上存在另一个我。在梦里我做了很多事情，虽然不知道该怎么跟他说，但是我知道自己在做什么，而且确定我做的每一件事情都是对的。

张万森问我梦的结局是什么，我又想起了灯塔。

但我相信这一次，我已经改变结局了。

我正犹豫着要不要跟张万森表白，但话还没说，展宇的电话就打了过来。

展宇喝多了酒，我和张万森找到他的时候，他正一个人在球场上坐着。展宇跟我道歉，我只跟他说希望我们下次不要再以这种方式见面了。

我拉着张万森的手一起离开，路上我问他会不会觉得我太不近人情，张万森笑笑，说："我对情敌倒也没那么宽容。"

他又问起我关于那个梦的结局，我想了下，说："最后的结局

不重要了，重要的是我们两个可以一起去北京上大学，一起做很多事情，这才是最重要的。"

以后还有很多个夏天，我们都会在一起。

我和张万森在街上走着，身后突然响起了一阵吵闹声，我听那声音耳熟，不过还没来得及回头看，就被张万森拉着去了电玩城。

电玩城每个项目前都排了很多人，张万森好像不太想排队，每一个游戏都是简单看了眼，便拉着我往下一个去了。最后我们钻进了大头贴影棚，背景刚选到一半，张万森突然把我抱了起来，手指贴在我嘴唇上。

动作有些亲密，我很紧张。

听着张万森近在耳边的呼吸，我脑海突然一片空白，最后只说了句："我选好了。"

这一天过得兵荒马乱，我甚至又梦到了我们贴在一起画面，在梦里，张万森说："林北星，我喜欢你。"我紧张地看着他，然后他就朝我靠了过来。

在梦里，我和张万森接吻了。

收到录取通知书这天，我跟张万森约好一起出门，顺便带上录取通知书准备给他看。

我在张万森家门口反复练习了很多种方式，想着一会儿要怎么跟他讲，结果门一开，张万森的父母也在。张万森的妈妈还是那么温柔热情，拉住我又是给东西又是说要拜访我爸妈的，我听着话里的意思越来越不对劲，赶紧找了个借口溜掉，心想，我们下次再约会吧，张万森。

张万森爸妈回来了，他也好几天没来找我。

后来高歌突然说有事约我去动物园，一路上她都走得很急，到了之后也是慌里慌张地寻寻觅觅，我才知道原来约我的人是张万森，这几天他一直在准备着要跟我表白。

张万森今天要跟我表白。

我突然有点儿担心自己穿得不够好看，但高歌说张万森喜欢的又不是我的脸。话是这么说没错，但我也想穿得好看一点儿，才好配得上我们的感情啊。

我们在动物园里没找到张万森，直到他打电话来说让我去派出所。

到了之后我才知道，今天张万森联系不到负责取玫瑰花的麦子，才发现麦子出了事，为了救麦子，他报了警，进而牵连出了我哥的事。

我不怪他，如果不报警的话，可能林大海会在这条错的路上越走越远。

我妈留下来处理我哥的事情，张万森陪我去海边散心，这才发现我最讨厌的灯塔被拆了。灯塔轰然倒塌，然后化作一阵尘烟，海面上重归于静。

灯塔没有了，也许一切不好的事情就都结束了。

我想起张万森今天是要跟我表白的。

我问他，他有些紧张，磕磕巴巴地说要不现在给我补一个。

我拒绝。

我欠张万森太多了，就算是表白，也应该是我跟他表白。

我让张万森等我，我要给他一个正式又难忘的表白仪式。

我把张万森约在了商场，让他把眼睛闭上倒数五秒钟，然后，一片告白气球为他漫天飞舞而下。我站在气球间和张万森相视而笑，这一刻，仿佛全世界的粉色和浪漫都是属于我们的。

张万森，我一直有句话想对你说……

张万森，我喜欢你。

我还没来得及说出后面这句话，麦子突然出现，远远地大喊让我们快跑。我回头看，原来是雷哥他们又找过来了。张万森一路拉着我逃跑，结果楼道出口被堵死了，我们只得跑上天台。

没有路了。

张万森让我躲进消防器材柜里，我哭着摇头。

我不能让他一个人面对这些危险，我说过我要保护他的。

张万森笑着让我听话，说他有办法，让我放心，要我相信他。

可是我不能，我不能再丢下他一个人了！

最后我还是被张万森推进了柜子里，他的手护在我的头上，锁住了门。

他最后回头看了我一眼，转身跑开。

我出不去，只能隔着缝隙看到那群人把张万森逼到了天台边缘。

我颤抖着拿出手机准备报警，结果号码还没有拨出去，就听见了张万森说："林北星，我喜欢你。"

再抬头时，张万森已经不见了。

天台上面空空荡荡。

张万森，不见了。

我还是没能改变这个故事的结局。

我甚至没来得及告诉他："张万森，我也喜欢你，非常非常喜欢你。"

我又回到了现实世界，一个没有张万森的世界。

看着四周熟悉又空荡荡的房间，我心里有什么东西也跟着碎了。

我一遍遍想着那个陪我一起在雨天坐摩天轮，陪我看烟花，陪我跳兔子舞，陪我一起参加高考……说要一直在身边保护我的张万森。

可我好像再也见不到他了。

对不起。

对不起，我没能救下你，张万森。

对不起，最后我还是把你一个人留在了那里。

我一个人在房间哭了很久，然后起身出去找林大海，确认我高考那几天的事情。开始他还不愿意讲，见我一再坚持，他才终于说出那几天确实有人找过他，发短信让他去自首，但当他赶到灯塔的时候，

他只见到一个人从塔上掉了下来，具体发生了什么他也不清楚。

这几年林大海一直不想讲这件事，他觉得一家人可以平平安安在一起就很好。

可是哪里好？

我哭着说："哪里好？一点儿都不好！为什么偏偏是他！"

偏偏是张万森，是那个一直在我的生活里，却默默走在我的身后的张万森。

回房间后我拼命删除短信，可是一切都没有改变。

为什么回不去了，怎么回不去了，为什么回不去了？！

我一遍遍问自己，我要怎么做才能救张万森。

我把所有短信删完，眼前的一切却依旧没有改变。

回不去了，我救不了张万森了，没有人能告诉我，我到底应该怎么办。

我心情不好，在家躺了好几天才决定出门走走。

一个人不知不觉走到了灯塔，到了之后才想起来灯塔早已不在了，现在这里是一个天文观光台。

南川的一切，早就不是当初的样子了。

我远远看到台上有一个人影，心里瞬间又燃起了一丝希望。

也许呢，也许那个人就是我想找的人呢？

我想上去确认一眼，可今天不是开放日，工作人员不让我上去。我试了好几次都没能成功，最后只能蹲在地上崩溃大哭，像是要把这几天的难过全都发泄出来。

"我只是想上去看看。"

也许有万分之一的可能，张万森还在这个世界上跟我看着同一片海，望着同一个月亮。

但就是这万分之一的希望，我也没有抓住。

我情绪失控，最后我妈来接我回家，哭着安慰我说："没事呀，

天塌下来，有妈给你撑着呢。"

我渐渐冷静下来，结果还没到家，我妈却撑不住了。她生病了，腿部有一个肿块，需要做进一步的检查。我有些愧疚，之前光忙着自己的事，都没发现我妈不舒服。

晚上我去了那家叫"时空之海"的书店，想找一些医学类的书，学习一下护理知识，以便接下来照顾我妈。我在书架上翻找着，看到一本书的借书证上写着"张万森"，借书日期是 2021 年 5 月 20 日。

这本书叫《质数的孤独》。

我拿着书去找老板，问他认不认识这个人，我想要他的联系方式。但老板并不认识张万森，而且书店的用户资料也不可以擅自泄露给他人。

老板正在整理新书，我帮他搬了几箱子，他想送我几本书作为感谢，但我只想要这个"张万森"的联系方式。

我和老板在柜台前坐着，旁边有个小木板，上面写着：如果说宇宙重新归零再出发，重新又有了我们，我还是会再次做出相同的选择吧，就像我还是会追寻你。

老板问我为什么要找这个叫张万森的人，我跟他是什么关系。

我跟张万森是什么关系？

"他说过他喜欢我，可我还没来得及告诉他我也喜欢他，我们就分开了，所以我们可能只能算是同学，朋友。"

"所以你想找到他，跟他说个清楚？"

"不是，"我摇摇头，"我只是想再见他一面，看他一眼。"

"他对你那么重要？"

我点头："是他让我重新看清这个世界，他像一道光一样一直温暖我，可是当我变好了，他却不在了。他就这样离开了这个世界。"

老板欲言又止。

"我知道，这个借书卡可能只是一个误会，但是我总想着再试试，再试试，万一有那么一点点的可能呢？"

"那如果不是他呢？"

"如果不是他，我也想见一下，我想知道跟他叫同一个名字的人，长什么样。"

就算不是他，也没关系。

至少那时候我还有机会能跟他说上一句：你好哇，张万森。我叫林北星，很高兴认识你。

听我说完这些，老板开始跟我讲这家书店名字的含义。

"天上的星星，它们会生会死，但时空永远不会消亡，因为我们追随光的脚步，在寻找新的领土，所以有光，就会有时空，就会有生命。"

最后，老板征询了对方的意见，把联系方式给了我："剩下的就要看你自己了，不管结果如何，不要给自己留下遗憾。"

晚上，我看着那个号码犹豫了很久，才忐忑地打了过去，对方没接。我居然有一丝庆幸，虽然心里知道希望渺茫，但我还是害怕自己听到的那个声音不是他。

最后我给对方发了条短信，然后安静地等他回复。

接下来几天，我在南川四处寻找张万森的痕迹。

我去了他家，结果房子已经不知道转手卖了几回了。不过也不是一点儿收获没有，我遇到了从隔壁出来的高歌。虽然此时的高歌并不认识我，但我看着现在的她已经成为一名备受欢迎的画家，心里还是为她感到高兴，她终于实现了自己的梦想。

我跟高歌打听张万森的事情，但具体情况她也不清楚，她只知道张万森出事后，他们一家隔天就离开了南川。高歌说着有些难过，或许真的就像大家说的那样，张万森已经不在了。

我唯一的希望，就只剩了那个电话号码。

好在这天晚上，对方也终于回复我，答应在书店见面。

第二天，我很早就等在书店。看到同学群里有人发了杨超洋的演出海报，差点儿忘了，十年后的杨超洋，已经是著名的相声大师了。

虽然早就已经在心里做好了今天来的人有可能不是张万森的准备，但这个张万森跟他也太不一样了——一个伶牙俐齿的小孩子。他的家教的背影与张万森有些相似，我控制不住追了出去，发现也只是很像而已。

万分之一的希望，破灭了。

最后我只能祝福小张万森，希望他能像这个名字一样，茁壮成长，长成一片不怕风吹雨打的大森林。

晚上我按着海报上的信息去看了杨超洋的演出，没想到他居然还记得我。

我跟杨超洋坐着聊天，他还是跟以前一样，没说几句我俩就会忍不住拌嘴。

可能因为最近心里憋着的事情太多没人能讲，也可能是我心里本来就跟杨超洋亲近，我把最近发生的事情一股脑儿说给了他听。开始还以为他会不信，结果杨超洋信了，而且很认真。

回来这么久，我第一次感觉到了一点儿开心。

或许以后，我又可以有好朋友了。

我又一次去了天文观光台，这一次是开放日。

天文观光台上有一架望远镜，从望远镜里看过去，银河系却没有我想象中那么亮。

而我见过最亮的银河，是那年跟张万森一起看过的蓝色荧光海。

从观光台上下来，旧手机不慎掉落，我慌乱地蹲在地上把它装好，但它却打不开了。

我和张万森仅有的一点儿关联，好像也就此消失了。

搞砸了，我把一切都搞砸了。

我再也没有机会去救张万森了，我到底应该怎么做，才能救回张万森？

第九章：

我认识你很久了

南川的夏天又要开始了。

我想重新回到动物园上班。园长虽然还是有些生气，凶了点儿，但好在最后还是同意了。

园长问我之前一直讨厌这里，为什么现在还想着回来。

我解释说自己想明白了，每一份工作都有它的意义。但当我再次走在这个园子里，看着眼前熟悉的一切，我想我回来不仅是因为工作的意义，还有属于这里的，只有我一个人在记着的回忆。

我在路上碰见了园里新来的饲养员陈一陈，他养了一只会说"我喜欢你"的鹦鹉。

陈一陈说他喜欢我，确切地说，他说的是：其实，我还挺喜欢你的。

我告诉他："喜欢是不应该随便说出口的。"

喜欢是默默地陪伴和守护，是每次见到一个人时的紧张和害羞，是藏在心里的秘密，是晚上抬头就可以看到的星辰，是不可以随便说说的一句话。

这段日子，一到晚上我就会习惯性地抬头看月亮，和张万森一起看过的月亮。

下班回家，我妈的检查结果出来了，骨关节瘤。虽然我爸妈说只需要做个小手术，但他俩说得越轻松，我心里就越害怕。不想让他俩看出我的担心，我也只能跟着笑笑，装作轻松地宽慰他们。

我又开始写日记了，每次有什么话想和张万森说的时候，我就会写在日记上，心里想着或许某一个时空里的他，真的可以听到。

那本《质数的孤独》我也读完了，我们曾经以为自己并不孤单，然而当人类看到了最古老的光线，才发现我们只是数以亿计的星球中的一颗，这种孤单反而更强烈了。就像书里的两个人，他们像一对孤独的质数，总会出现，然后再次相遇，但在那之前呢？

他们就像宇宙中的星星，只能在漫长的黑暗里独自飘浮。

我每天都会念起很多张万森以前说过的话，想着他说的"明天就要到了"，然后一个人静静地迎接着一个又一个没有他的明天。

再后来，动物园里那只会说"我喜欢你"的鹦鹉丢了。

因为最后留在园里做检查的人是我，所以这只"镇园之宝"丢了的责任也在我，园长让我负责到底，去买一只和它一模一样的鹦鹉回来。

可我在市场转了一圈也没买到。市场上鹦鹉很多，会说话的鹦鹉却很少，会说"我喜欢你"的鹦鹉更是一只都没有。卖鹦鹉的老板告诉我，想让鹦鹉说"我喜欢你"，至少得悉心教它一年。

完了，除非找到那只鹦鹉，不然我只能一年以后才能把园长的"镇园之宝"还给他了。

我没有买到会说话的鹦鹉，但是园长查到了偷鹦鹉的人。

监控里，偷鹦鹉的人正是麦子，我认出了他，园长要报警，被我拦了下来。

我在修车铺找到麦子的时候，他已被一群人打晕在地。我送他去了医院，再回到修车铺的时候，那只鹦鹉正被挂在麦子床头，说着"我喜欢你"。

我把鹦鹉摘下来，走的时候看到麦子枕头下的照片，是他和张万森的合影，上面模模糊糊写着的日期像是 2020 年。

难以置信，但我又有了一丝希望。

我拿照片去做了鉴定，不过很可惜，上面虽然写的确实是"2020年"，但字迹和相纸的磨损都已经有十年了。

希望再次破灭。

晚上在医院陪床，我妈睡着以后，我把今天在店里修好的旧手机拿出来，短信收件箱已经被我删空了，我却还是无意识地不肯停下翻页键，也不知道自己要找什么。

直到我在未知发件人里看到了两条短信。

我一激动，动作有些大，吵醒了我妈。我妈也睡不着，干脆跟我聊天。长大后，我们很久没有像这样两个人一起在夜深人静的时候谈心了。

我看着我妈躺在医院的床上跟我讲话，突然有一瞬间觉得妈妈真的老了，想到有一天爸爸、妈妈也会离开我们，忍不住难过。

我妈说："星星啊，妈妈就想让你知道，不管你做出什么选择，妈妈都支持你。只要你幸福快乐，想做什么就做什么，别在乎将来会不会后悔。如果真的遇到喜欢的人了，千万不要因为这一次就退缩了，一定要勇敢大胆地往前走。"

眼泪一直在眼眶里盘旋，这次终于再也止不住了。

我握着妈妈的手，看她慢慢睡去，这一刻我多希望他们可以永远年轻，永远陪在我身边。

未知发件人里的短信来自张万森，他说：

我是张万森，你还记得我吗？高考结束了，祝你高考顺利。

我喜欢你。

原来很早的时候，张万森就跟我说过"我喜欢你"了，可惜我却从来都不知道。

妈妈的手术很成功，等待她醒来的时间，我去看了眼麦子，他没有生命危险，不过还处在昏迷状态。

这边的生活好像慢慢回到了正轨，我看着手机里的两条短信，心想这是我仅剩的机会了。

张万森留给我的机会。

我在病房外打开短信：我是张万森，你还记得我吗？高考结束了，祝你高考顺利。

想了很久之后，我决定按下删除键。

我不能再犹豫了，或许，此刻的他也正在某个时空等着我。

醒来时是高考结束后的那个大雨天，我坐在长椅上，看到了张万森，他正撑着黑色雨伞站在我身边。

我又找到他了。

张万森，这次我不会再让你一个人面对这一切了。

"快跟我走。"我看到了雷哥的人，不由分说拉起张万森就跑。

雨水太大，冲进我的眼睛里，看不清路，但我只想拉着张万森不管不顾地继续往前跑，一直跑，跑到全世界的雨都停掉。

路灯映照着雨的形状，我拉着张万森在滂沱大雨中不顾一切地向前奔跑，直到世界安静下来，周围只剩我们两个人。

我转身抱住张万森，紧紧地不肯放手。

"你没事，你没事太好了。"

"你认识我？"

他问"你认识我？"，而不是"我们认识吗？"。

我拼命点头："我认识你很久了，如果你觉得不够，我们可以重新认识。"

张万森眼睛湿湿的，分不清是雨水还是泪水。

他看着我，小心翼翼地朝我伸手。

我握紧他的手，努力笑着看着他的眼睛："我知道你一直在保护我，我也想保护你一次。"

大雨还在不停地下，一如之前的每一次。

我说："有句话，我想对你说很久了。"

张万森问："什么话？"

我告诉他："张万森，我喜欢你，非常非常喜欢你。"

我终于说出了我的喜欢，可张万森有些惊讶的脸却渐渐变得模糊，他张了张嘴说了一句什么，却完全被淹没在耳边巨大的雨声中。

我又回来了。

为什么？

为什么明明已经把他救下来了，可我还是回来了。

我在医院走廊里坐着四下张望，可是没有一个人能给我答案。

怎么办，我慌了起来。

我到底应该怎么办才能救下他？我真的不知道要怎么办了。

那颗可以给我指路的星星再也没有了。

只剩最后一次机会了。

手机里那条"我喜欢你"是我最后一次救张万森的机会了。

这个世界里的南川也在不停下雨。

我在 11 路公交车站坐下，拿出手机，删掉了最后一条短信：我喜欢你。

学校电子屏上显示 18:25，又是高考结束后这一天。

我在学校里拼命寻找，甚至路上不小心撞到了谁都没来得及仔细看，我一直找，一直找，直到在小卖部前找到了张万森。

他正低头看着手机，我上去拉住他，说："跟我走。"

"怎么了？"

"别管了，快跟我走。"

张万森的手机不小心掉在了地上，我帮他去捡，然后看到了他手机草稿箱里写给我的那句"我喜欢你"。

我又回来了。

眼前大雨还在不停地下着，我甚至已经分不清它到底是哪个时空的大雨了。

我看着这场雨，想不明白问题到底出在哪里。

为什么到最后，我还是没能救下张万森。

手机里已经没有短信了，我回不去了。

如果我还想在这个世界知道一些关于张万森的事，就只能去找麦子了，那个跟张万森有合影的麦子。

我去医院找他，可护士告诉我麦子已经出院了，他要赶下午的飞机。

幸运的是，我找到修车铺的时候，麦子还在。

他急着出门，并不想理我。

我悄悄跟上去，最后拿着灭火器救下了在台球厅里被一群人按在桌上打的他。我拉着麦子跑了出来，不过他对我依然冷漠，直到我拿出那张他和张万森的合影，他才终于肯跟我好好说话。

还以为可以趁机跟他聊一聊张万森的事，结果台球厅那帮人穷追不舍，好在我哥林大海碰巧路过，报了警。

那群人跑了，麦子也不见了，我追到机场也没找到他。

连麦子也走了。

我看着人来人往的机场，再没有一个人知道张万森的事情。

在我心灰意冷，以为已经没有任何希望的时候，麦子主动给我打了电话，约我在良山大排档见面。

良山大排档已经换了新的招牌，高高地挂在店门口。

麦子好像还是很生我的气，我跟他解释说我知道张万森为我所做的一切，并为林大海的事向他道歉。

他问我，既然都已经问过林大海了，为什么还要跑来找他。

"你不一样，你是张万森的朋友。"

麦子愣了一下，别过脸去喝下一大杯酒后，才慢慢跟我讲起了高三那年关于张万森的一切。

麦子说的和我曾经经历过的一样。

帮我哥还钱，放弃出国，不让我知道家里的事情，跟麦子配合偷偷保护我，希望我可以好好度过高考，然后帮我实现自己和展宇一起去北京的愿望。

麦子说:"所以我看到你要结婚的消息才会这么生气。我很小气的,我就是觉得,他对你的喜欢就应该被你知道。"

麦子把他知道的关于张万森的一切都告诉了我,还给了我张万森的旧手机。

那天的纸飞机也是麦子丢的,原来那不是小孩儿的恶作剧,那是张万森写给我的告白信。

晚上,路上的灯光如同走马灯一样在我身边呼啸而过。

我很感激麦子,如果不是他,我可能永远都不会知道,原来不管在哪个时空,我只要一回头,就可以看到守护在身后的张万森。

回家后,我找到了那个被我遗忘在桌底的纸飞机。

张万森熟悉的字迹扑面而来,上面满满的都是他写给我的话,他说:

林北星,你大概永远都不会知道,我从很小的时候就开始喜欢你了。

那时候的我胆小懦弱,连自己的梦想都没有大声说出口,但是你鼓励了我的梦想。

那天起,我无数次地努力向你靠近。

现在想起来,那时最大的遗憾就是没能跟你说:你好,林北星,我叫张万森。

林北星,你知道吗,初中的时候我跳级成功了,但是我们却不在一个学校。我试图过来找你,可是你却不认识我了。

那天我才知道,原来你喜欢篮球打得好的男生,所以我也决定加入篮球队,期待着可以和你再次相遇。在今天之前,我脑子里想过很多我们这一次相遇的情形,但事情似乎总是会偏离我所设想的轨迹。可是你看,林北星,我不再是那个胆小懦弱,需要被你保护的小屁孩儿了,我已经可以保护你了。

2007年9月1日,我和你一起考上了南川中学,最重要的事情是,

我跟你分到了同一个班。

虽然还没能跟你说上话，但能跟你在同一间教室里真的很开心。

林北星，你哥欠的债，我已经帮他还上了，你可以安全地参加高考，开心地和展宇一起去北京了。而我，也该和你，和那个不曾认识我的你正式告别了。

最后，我想说出那句一直没敢说出口的话：林北星，我喜欢你，星河流转，也一直喜欢你。

原来，张万森一直记得我们小时候在动物园的第一次见面，为了我努力学习，参加朗诵比赛，跳级成功跟我读同一年级，参加篮球队，从火海里救了我，跟我一起考进南川中学，帮我实现自己的愿望……在那些我看不到的地方，张万森一直在一个人默默地做着这些事情。

我却直到现在才知道。

窗外起了风，有落叶轻轻飘过。

我哭着把纸飞机重新叠好，发现信是从本子上撕下来的。

这么多回忆，只是张万森许多心意中的一页。

我疯了一样推门下楼，麦子也正在楼下等我。

他把张万森的日记本交给我保管，说："这里面有关于他的一切，我觉得你应该知道。"

这一次，麦子真的要走了，明天就离开南川，去开始新的生活。我们互相说了保重，然后我一个人坐在楼下翻开张万森的日记，里面几乎每一页都写着我的名字，以及那些年他的难过和遗憾。

也许遗憾才是世间稀有的事情吧，无论我如何加快步伐向你奔去，但还是偏离了航线，最后也没有找到和你一丁点儿的交集。

我心里不知道有多羡慕的展宇可以和你一起看烟花，一起拍毕业合影，一起跳兔子舞，一起参加高考，一起走出考场……如果有机会，我把他的日记一字一句读完，才突然明白——原来，每一条能让我回去的短信，都是张万森遗憾的瞬间。

如果以前的我会回头看，是不是他就不会有这些遗憾了？

可为什么给了我机会，我们却还是结束了？

我一遍遍回忆着每个时空里我和张万森最后的分别，慢慢明白过来，原来他的死不是结束一切的原因，而是只要我们说出那句"我喜欢你"，时空就会结束，我们就注定不会在一起。

可是张万森，我真的好想你。

我一个人去了海边，看着没有了灯塔、没有了荧光海滩的大海，心想，如果我们注定无法向对方说出那句"我喜欢你"，那这一次呢，如果我站在这里告诉他：张万森，我喜欢你，非常非常喜欢你！

张万森会听得见吗？

我在张万森的旧手机里翻到了一条短信：我喜欢你。

这是不是我救他的最后一次机会了？

杨超洋来动物园找我聊天，我们又聊起了我的那个"故事"。杨超洋问我故事里的那个人后来怎么样了，我救下他了吗。我告诉他，我不知道自己能不能救他，也不知道救下他之后要怎么做，我不想过那种连一句"我喜欢你"都不能说的生活。

我不知道该怎么办。

杨超洋安慰我："那你觉得是你的喜欢重要，还是他的命重要？也许现在游戏规则已经改变了呢？与其那么难受，不如赌一把，有什么好怕的。"

有什么好害怕的？

我想起张万森曾经跟我说的话，明天是什么样，未来是什么样，我们很快就会有答案了。

张万森跟我说"什么都不要怕"。

我想着他的话——就好像张万森一直陪在我身边一样——按下了删除键。

这次，我一定要救下他。

张万森手机里唯一一条，也是最后一条短信被删除之后，我回到了高一。

南川依旧在下雨，而我的手里撑着一把雨伞。

杨超洋说得对，游戏规则改变了。

接下来我还有三年的时间可以救下张万森，弥补他那些曾经没有说出口的遗憾。

回来这天是校园艺术节的排练日，到排练室的时候，杨超洋正说着我要去隔壁班演大树，我推门进去，看着后排安静坐着的张万森，说："我不去演大树，我一定会跟同学们好好排练。"

杨超洋因此被同学嘲笑了几句后跑了出去，我找去秘密基地安慰他，说我相信他以后一定会成为一名相声大师，但是不要想着一步登天，现在也要好好享受高中生活。

杨超洋半信半疑，我跟他一起回去后，在张万森旁边坐下，他看上去有些紧张。

我手里拿着口琴，看着他说："你教我吧。"

张万森口琴吹得很好，我听着音符从他嘴边缓慢又有节奏地响起，心想，能再次见到你真好，就算不能说出"我喜欢你"也没关系，还有三年的时间，这一次我一定陪你好好度过高考，弥补你所有的遗憾。

我对张万森重新做自我介绍，学着他之前的样子说："我叫林北星，射手座，学习一般，性格马马虎虎。"

张万森说："我叫张万森，高一8班……"

"我知道你。"我打断他，"巨蟹座，是个跳级小天才，永远的年级第一，笑起来很好看。"

张万森听完笑了笑，还是跟以前一样有些害羞、腼腆。

放学后，我跟张万森一起坐公交车回家，和他坐同一排，分了一只耳机给他。

我看着他说："张万森，我教你骑单车吧。"

我想了一堆理由解释给他听，而张万森只是问："那明天？"

"好。"

张万森没再说话，但隔着同一条耳机线，我好像可以听到他心里有些开心的鼓点。

第二天去找张万森的时候，发现高歌正在跟"光明顶"吵架。高歌还是那个暴脾气，我跟她聊了几句，说如果你觉得你爸不知道你在想什么，那就试试跟他多沟通，不如就从让他知道你的梦想开始吧。

我和张万森约定在那条沿海公路上学单车。上次我们来这里，还是展宇欺负他，让他伤到了腿，我载着他一起回家。

教别人骑单车这件事好像没有我想象得那么简单。张万森说他有些紧张，不让我看他，我只好一个人骑在前面，边骑边回头看他，结果张万森没事，我却先摔倒了。

张万森看到后着急地骑车朝我奔来，他歪歪扭扭却骑得很快，快到最后根本来不及停车，直接把车摔到一边跳了下来。

他终于会骑单车了。我笑着看他，说我这一跤摔得挺值。

后来我跟张万森一起骑车去了灯塔，他说这是他第一次来这里，我笑笑没说话。

灯塔上又起风了。

很轻，很熟悉。

我想起高考前那次张万森带我来灯塔跟我说的话，我也让他把眼睛闭上，说："起风了，你感受到了吗？"

这一刻，我看着张万森安静地站在我身边听风的声音。

他还是和以前一样，身上带着柔软的光。

"林北星，"过了许久张万森说，"我们明天一起上学吧，骑自行车。"

"好哇。"

就明天吧。

明天很快就会来的，我和张万森还会有很多个明天。

遗憾的是，第二天早上下起了大雨，我和张万森最后还是坐公交车上的学。

大雨下了整整一天，放学时，我和张万森的雨衣都落在了自习室。他把书包递给我，自己跑进了雨里。我去追他的时候，路上不小心撞到了路人，这个画面有些熟悉，像是在哪里见过。

我低头看着蹲在地上捡东西的女生，猛然发现，原来上次我回来找到张万森的时候，就是高一。

原来，他早就在手机上打下了那句"我喜欢你"。

原来，我以为自己偷来了更多的时间，但我现在向你走近的每一步，都是在催促你说出那句"我喜欢你"。

我看着张万森举着一把遮阳伞开心地从雨里向我跑来。

我好像，又要让他失望了。

如果我继续朝他靠近，那我们的结局就永远无法改变。

我不能去参加口琴演奏排练，也不准备参加集体表演了。

如果我还想要改变结局救下张万森，我现在能做的，就只有离他远一些，再远一些。

第十章

◂张万森，下雪了▸

　　高一这年，我哥卖假羊奶粉骗钱，我举报了他。

　　可是林大海不卖羊奶粉后，很快又租了个店面，店名就叫"大海丽人"。我试着阻止他，林大海自然很不服气，但我不会再让这一切发生了。

　　校园艺术节表演那天，我们班队伍里有人生病没法儿参加，眼看着张万森组织了这么久的演出就要被取消，我不想让他的努力被白白浪费，于是跟他一起上台参加了表演。

　　那天，我们班吹奏的曲目是《送别》。

　　我听着耳边响起的乐声，想着口琴这么好听的声音，为什么偏偏要奏响《送别》？

　　拍照的时候，张万森从后面走下来站在我旁边。他看上去很开心，但我不敢再给他希望。我让嘎子过来站在张万森旁边，自己则默默换到了杨超洋边上。这一次，换我远远地侧过脸看着他。

　　演出之后，我依然继续躲着张万森。他来家找我，问我他是不是做了什么惹我不开心了，我无法跟他解释。正好林大海要出门找雷哥借钱，我急着找林大海，匆匆离开。

　　我在台球厅找到了林大海，可是没能劝下他，林大海最后还是跟雷哥借了钱，一切又将再次重演。林大海跟雷哥走了之后，剩下的那些人因为我刚才的话，决心要给我一些教训。

　　哦对，这些人里还有麦子，一个青涩的不敢跟人动手的麦子。

　　那些人很快把我推倒在地，围了过来，但我没有感受到预料中的

疼痛。因为张万森冲进来抱住了我，帮我承受了所有的伤害。

又一次，张万森又一次替我承担了本来不应该由他来承担的一切。

"别打了！别打了！你们别打了！"

我哭着哀求，张万森紧紧地把我护在身下，一刻也没有松手。

我多想跟他一样，紧紧地抱住他，问问他：张万森，你疼不疼啊？

但我不能，离开之后，我只能凶着一张脸质问他："你为什么要出现在那儿？！你怎么管得那么多呀？！你为什么老是想着保护别人，不去想着保护自己呢？！"

"我的事不用你管。"我又一次冷漠地推开了他。

张万森看上去很难过。但是对不起，张万森，我宁愿你难过、讨厌我，也不想再看到你为我受伤了。

张万森的腿因为我受伤之后，我开始每天接送他上下学，为了照顾他方便一些，我又一次跟张万森做了同桌。他好像并没有因为我这些天对他无缘无故的冷漠而生气，还是一样地关心我、担心我。

周末，我去给独居的张万森送饭，帮他把家里打扫好，打开电视，远远地陪他一起在沙发上坐着。

"如果那帮人再找你麻烦的话，我可以……"

"不需要。"

我冷着脸打断他，甚至不敢转头看他一眼。

我害怕自己看到张万森脸上的悲伤和失落，却连一句安慰都给不了。

我和张万森就这么静静地坐着，谁也没有再说话。

其实这样也挺好的，最起码，我还可以每天都看到他。

窗外起了风，我不知道自己什么时候睡着了。靠在张万森身上醒来的时候，我第一眼看到的就是他熟睡的脸，很平静。

不知道梦里的他正在做什么，但我希望他是开心的，不要再因为我感到悲伤和难过。

我轻轻碰了下张万森的胳膊，那颗星星还在这里。

那颗可以为我指路的星星，一直在这里。

"就让它，来替我保护你吧。"

我看着张万森还在睡梦中的脸，忍不住心疼起来，轻轻地、小心翼翼地吻了上去。

就当是，也送了自己一场美梦吧。

从此以后，我对他的喜欢就只能藏在那些不被他知道的地方了。

可我没想到的是，张万森醒了。

他静静地看着我，一句话也不说。

我不知道自己刚才那场梦有没有被他发现，但当他探身往前的时候，我跑开了。

既然是场梦，那梦醒了之后就不应该再继续了。

张万森起身拦我，我别扭地问他："你腿好了？"

"我刚……刚好。"

张万森说要送我回家，我拒绝了他。

既然他的腿已经好了，那我以后不会来了，也没有理由再来了。

教室里，我又把座位搬了回去，坐在张万森的身后，远远地看着他。

我知道他在回头看我，但我不敢与他对视，我怕被他发现我一直在看他。

晚自习的时候，突然地震了。

一片慌乱中，我被人群推着往和张万森相反的方向走。我满脑子都是张万森，我想要找到他，我不能让他一个人站在危险里。在我拼命回去找他的时候，我发现张万森也在找我，我们逆着人群，努力地向彼此靠近。

终于，他抓住了我。

张万森抓着我拼命往外跑。

我看着他的背影，那一刻我多希望，曾经的我也能像现在一样，在危险来临的时候紧紧抓住他。而不是让他一次又一次地为了保护我，独自面对那些痛苦。

在我一次又一次推开张万森的时候，林大海依旧一次又一次地朝雷哥借了钱，成功开了他的美妆店。

游戏规则改变了，但那些不好的事情还是发生了。

甚至有些事情还提前了。

一场冰雹过后，我因发烧请假在家。杨超洋打电话告诉说我学校的雕塑被砸了，正在征集雕像设计，可这应该是高三那年的事情才对。

张万森来家里给我送作业和药，和他说话的时候，我妈摔倒了。张万森帮我一起送我妈去了医院。我妈的腿部检查出了肿块，这原本应该是我工作之后的事情才对。

还有昨天的地震，本来也不是发生在南川的。

一切都变了。

因为我，一切都错乱了。

张万森想留下来陪我，我又一次躲开他的关心，说："张万森，我不需要你的帮助，我也不想让你帮我。"

张万森看上去很失落："我就是觉得，你生病了，需要有人照顾。"

"不需要。"

他帮过我那么多，现在我只想帮他一次，救下他。

那些不能告诉他的话，最后被我写在了日记本里：

张万森，如果我回到这个世界，就是为了让你放弃我，你会答应吗？

只要你还喜欢我，危险每时每刻都可能会降临在你身边。对不起，我希望这一次，希望这一次你会讨厌我。

接下来的日子，每一天都过得很漫长。

林大海一心扑在他的美妆店上，仍旧跟雷哥他们那些人掺和在一起。为了阻止林大海，我干脆学也不上了。我想用这样的方式威胁他，也能更好地看着他。

有次我从店里出来的时候遇见了麦子，我想劝他几句，结果被张万森碰到产生了误会。我索性就顺着他的误会说下去。

"我们在一起了，你看不明白吗？"

"我看不明白！"张万森大声说，"林北星，你觉得好玩我可以陪你玩，不上课，不写作业，天天在外面混我也可以。但我希望你可以告诉我，这到底怎么回事！"

我第一次见张万森这么生气。

他好像，终于讨厌我了。

我强撑着做出一副无所谓的样子："我好着呢，就算有事，也不需要你的帮助，不需要你来解决。"

我带麦子一起离开，希望这一次张万森真的可以讨厌我。

接下来一阵子，我都没有再见到张万森。

我每天在林大海的店里看着他，不让他惹麻烦。可雷哥他们到底还是来了，和之前一样，二十万变成了五十万，林大海还不起，那帮人就把店砸了，我也被推倒在货架上受了伤。

但也不全是坏事。

因为我这次受伤，麦子发现打架的感觉并不好，不打算做混混了；林大海也悔过了，关掉了他的店。

为了彻底解决掉雷哥这个麻烦，阻止灯塔上的事情的发生，我开始跟踪雷哥，收集他违法犯罪的证据。一连跟了几天，回家后发现我哥竟然已经拿到了证据，是他的朋友大顺子听说了这些事情后帮忙搜集的。

我哥还给了我两张乐队演出的门票，虽然没说是谁给的，但我知道是张万森。

我还记得，他没能跟我一起看乐队演出的遗憾。

乐队演出那天，我没告诉他我去了。

我站在人群后，隔着挥舞的荧光棒远远地看着他的背影，听着那首熟悉的、我们曾经用一个耳机听过的歌。好像那些时空的故事都回来了。

不管什么时候，站在这里的都是我们两个人。

是林北星和一直站在林北星身后的张万森。

张万森是这场演出的幸运观众，我看着他被邀请上台，眼睛四处寻找，然后停了下来。

他看到了我。

我却只能跟他说一声很快被淹没在喧闹声里的"对不起"，然后转身离开。

走的时候我听见张万森说："我希望她永远开心、快乐。"

对不起，张万森。

可是我也希望你能够平安，然后实现自己的梦想。

出门时我接到了一个陌生来电，是雷哥。

他知道我最近在打听他的事情，但我没想到他也打听到了张万森。我本来一点儿都不怕他的，但听到"张万森"这三个字时，我立马就慌了。

雷哥挂了电话，我近乎崩溃，张万森还是因为我卷入了这场危险中。

"林北星。"

回头看到张万森的瞬间，我好想好想抱紧他，告诉他我有多害怕他从我的生命里消失不见。

但我不能。

这一次，我必须狠下心把他远远地推开，越远越好。

"你要说什么？"我大喊，"你要跟我说，我们很小就认识，我曾经鼓励过你追求无国界兽医的梦想，还是你要告诉我，你手臂上的伤是因为我受的？"

说着，我过去抓住他的胳膊，抓住那颗星星所在的地方。

张万森不说话，只是红了眼眶。

我狠下心继续说："张万森，因为小时候那点破事，你一直缠着我，有意思吗？你觉得这样我就会感动吗？你以为你在保护我吗？你觉得这样我会为你不顾一切吗？"

"我从来没有这么想。"

张万森终于说话了。

我忍着眼泪说："那最好，以后也不要有什么幻想，这些事早就结束了。"

"我知道了。"

张万森的声音那么轻，但我仿佛听到有东西掉在地上，碎了。

我不敢继续听下去，转身离开。

张万森跑过来拉住我，问我："你去哪儿？"

是呀，我去哪儿，我要去哪儿才能改变这一切呀。

我不知道自己要去哪里，我唯一知道的就是，我不可以回头。

"我去哪儿跟你没关系。"

张万森哭了。

我第一次看见他哭，没有声音，只有眼泪像夏天的大雨一样，突然落下。

我假装自己没看见，垂着眼不敢看他："我自己的事情我自己会解决，你别跟着我，离我越远越好。"

我把他一个人留在了海滩上。

我多想回头看他一眼哪，可我只能哭着往前走，一直走。

我在心里告诉张万森，如果结束这一切必须有谁牺牲，那么这一次，就换我来吧。就算牺牲自己，我也一定要保护好你，不能让你再受到伤害。你未来的人生，就算没有我应该也没关系吧，只要你能好

好地活下去，就够了。

林大海的事情，最后因为雷哥的死而结束了。

那天，我去仓库找雷哥的时候，发现他倒在一片火海里，没有了呼吸。

这件事情结束之后，很快，张万森也决定要出国了。

我在 11 路车站碰见了他，想问下他出国的事情，结果他不太愿意跟我讲话。

张万森说："你之前不都说得很清楚了吗，出国不出国，跟你有什么关系？"

他第一次没有等我，一个人先上了车，走了。

张万森真的，讨厌我了。

我看着他想，我们俩的缘分，可能也就到此为止了吧。

但我心里还是难受，我去杨超洋的秘密基地，想跟他一起坐着发发呆。我跟他说，如果有一天我变成另外一个人了，希望他还愿意跟我做朋友。

对此，杨超洋感到很奇怪，他说我已经像另外一个人了，还要再变一次啊？

我知道他在安慰我，但我笑不出来。

这段时间，我好像已经忘记应该怎么开心了。

我抬头看今晚的月亮，很亮，但不圆满。

张万森出国前的日子，我和他又回到了我们高一本来的样子，像两个陌生人，无数次擦肩而过，却开不了口说话。

就连他办告别宴的事情，都是杨超洋告诉我的。

我知道张万森不愿意见我，我做了个蛋糕，说是自己买的，让杨超洋帮我带过去，杨超洋却觉得还是我亲自送过去比较好，我只好找了个玩偶服穿上，给张万森送了过去。

我承认，虽然他不想见我，但我还是很想在他出国前可以多见他

一面。

我穿着玩偶服走得有些笨重，看不清路，最后蛋糕被我不小心砸在了张万森身上。

我慌忙摘下头套道歉，看到我的时候，张万森的脸色变得跟我手里坏掉的蛋糕一样难看。

我又把事情搞砸了，为什么我总是这样，什么都做不好？

"林北星，你是不是很喜欢捉弄我？"

"……不是。"

"不是？"张万森说，"之前没多久才跟我说，我从小到大所做的一切都是白费，现在又跑来给我践行，我是不是真的就招之则来挥之则去？有意思吗？"

我继续跟他道歉，张万森却并不想听。

我想着之前在日记里看到张万森说想一起看初雪的愿望，便以道歉的方式约大家一起过圣诞节，可张万森说他不感兴趣，扭头生气地走了。

"我们不一起看初雪了吗？"我喊他。

他头也不回地离开。

难受。

难受得像这个被剩下蛋糕一样，破碎不堪。

接下来几天里，我家的电视一直在被我哥循环播放涉黑团伙被抓、雷某死于火灾的新闻。

雷哥的事情是解决了，可我的生活依旧一团糟。

张万森要带着对我的讨厌出国了，我妈的病情也加重了。

我原以为自己可以改变这一切，却没想到自己才是扰乱这一切的源头。如果要让一切都回到正轨上，我能做的，只有离开，离开这个世界。

而那场看不到的雪，大概命中注定就是一场遗憾吧。

我从医院病房出来，手机发来天气预警，明天夜间南川将会迎来初雪。

　　我还有机会可以和张万森一起看初雪。

　　就是不知道，这一次，雪会不会失约。

　　之前说好了要将功补过，请大家一起过圣诞节的，我约高歌和杨超洋来海边看荧光海滩。可是到了才发现，这个时空里没有我和张万森一起见过的，那片像银河一样好看的荧光海滩。

　　张万森也来了，高歌叫他来送画板。

　　张万森今天挺不一样的，看到我之后不仅没有生气地离开，还愿意留下来陪我一起在海边散步。

　　我跟在他身后，看着他说："原来北斗七星，一直在啊。"

　　"北斗七星？"

　　千百年来，人们都是看着北斗七星才找到北极星的，然后，让它在黑暗里指引自己前进的方向。

　　这是张万森告诉我的。

　　张万森就是那颗星，是即便乌云遮住了天空，我也能看到的属于我的那颗星。

　　只不过这颗星要到很远很远的地方去了，张万森明天就要出国了。

　　圣诞节这天，南川没有下雪。

　　这场初雪，到底还是成了我和张万森之间一场无法弥补的遗憾。

　　第二天，我在医院陪我妈，我哥把我叫了出去，说警察打电话告诉他有个男孩儿拿着粉色兔子头绳去警察局自首了。我哥还说，之前雷哥的犯罪证据也不是大顺子给的，而是那个男孩儿给他的。

　　那个人是张万森。

　　我知道，那个人一定是张万森。

　　我疯了一样跑出去，等到警察局的时候，张万森已经走了。警

察说这件事他们早就已经调查清楚了，张万森不是凶手，已经让他离开了。

我知道张万森不是凶手，因为案发那天我就在现场，凶手是雷哥自己的人，雷哥想让人帮他背黑锅，那人愤怒之下失手杀了他。

张万森会去自首，是因为新闻里的那根粉色兔子头绳——他以为凶手是我。

他，怎么这么傻，为什么每一次，他都要不顾一切地去救我。

张万森的电话关了机，我拼了命一样在南川的街头奔跑着寻找他。

我去了张万森家，去了学校，可是哪里都没有他。

张万森走了，除了他留在座位抽屉里的那张兔子书签，什么都没有留下。

而那个书签，原本是在我日记本里的。

这些日子里的故作坚强，到这一刻终于再也撑不住，我放声大哭。

"原来，你早就什么都知道。"

原来张万森早就知道，所以他才会像我希望的那样讨厌我，所以他才会帮我收集证据解决麻烦，所以他才会傻到以为凶手是我，准备放弃出国替我去自首。

原来，他什么都知道。

可是张万森，为什么你总是跑在我前面呢？不管我做什么，在你对我的付出面前，总是那么微不足道，为什么我的步伐总是慢你一步？

去机场的路上，我拼命往前跑，只希望这一次可以快一点儿。

我祈求上天，保佑我这次一定要追上他。

幸好，张万森还在，他也在回头等着我。

我们隔着一扇玻璃望着彼此。虽然眼泪还在止不住地流，但我笑了，这次回来后我第一次对张万森灿烂地笑着，我是多么地开心哪，这一次我终于追上他了。

"对不起。"

我为我们之间所有的遗憾向他道歉。

可是张万森说："我喜欢你。"

我们又一次因为"喜欢"，分开了。

后来，我也经常在梦里梦到我们一起等来了初雪，我们在冬天挥手说再见。

我跟他说——

张万森，你也很难受吧，到最后还是要一个人，默默地守护着我。就算人生很长，我们应该也不会再见面的。我会好好的，去寻找新的生活，努力勇敢地忘记你的名字，不会让你失望。

因为你说过，你希望我永远开心、快乐。

现实世界里的一切都在慢慢走向正轨，妈妈的病好了，我也因为动物救助队的工作成了园长口中的优秀员工，甚至还被嘎子邀请回南川中学做优秀毕业生演讲。

回学校之前我去看了高歌的画展，杨超洋也来了。

展宇和韩藤藤也在，他们已经结婚了。

画展上有一幅很美的草原油画，我看得出神，心想如果张万森还在的话，我们应该也会一起去大草原吧。

时间过得真快。

十年后再回南川中学，一切都没变，又好像一切都变了。

"光明顶"退休了，却还是那么喜欢教育人；刘嘎成了副校长，不过没用，学生们依旧喜欢打断他讲话。我站在当年张万森站过的地方，看着台下的他们，仿佛看到了十八岁的我们。

我说：

有一位老师曾经跟我说过，他的童年是在长着一片芦苇荡旁的村子里度过的，那些年的夏天给他带来的快乐，是长大以后再也没有

过的。

我也有过这样一个夏天。

那个夏天，就像是一场永远不会结束的梦。

在梦里，我会跟老师吵架，会跟妈妈闹别扭，可是后来想想，那些天大的烦恼，跟那时候的收获相比，根本不值一提。

我还有一群很关心我的伙伴，我们一起成长，一起反省，一起冒险，一起明白那些听上去高深莫测的话语。

最重要的是，或许那个时候，会有一个人出现。这个人，会改变你的一生。他会告诉你什么叫梦想，什么叫未来，他也希望他可以帮助你打败你身边所有的"大魔王"。

但是其实，未知和恐惧真的只能靠我们自己来消除。我们不能害怕，要勇敢。等到哪天我们真的靠自己打败了大魔王，就可以拍着胸脯告诉那个最关心你的人，我成功了，我长大了。

我长大了，遗憾的是，张万森看不到了。

没有张万森在的日子里，我也学着他的样子认真工作，努力生活。

时间一天天过去，冬天转眼就到了。

冬至这天，园长告诉我们园里有了无国界兽医考核的名额。

"其实，我想成为一名无国界兽医……"

我想起小时候，张万森也是在动物园告诉了我他的梦想，只可惜虽然我当时鼓励了他，后来却没有机会看到他实现梦想的样子。

我决定报名参加这次的考核。

这一次，或许我也可以替他完成梦想。

跨年这天，人们熙熙攘攘地走在街上，满心憧憬地准备迎接新的一年。

天气预报说今晚南川将迎来初雪。

那年圣诞节我和张万森没有等到的初雪，终于要来了。

我低头想着，张万森，如果你在就好了。

回家的公交车上，我坐在我们曾经坐过的位置上。园长打来电话让我回去，他告诉我，我通过了无国界兽医考核的面试，是整个动物救助队里唯一一个通过的。

我好开心，我一个人实现了我们两个人的梦想。

下车的时候，天空中有雪花慢慢飘落。

真好，今年南川的初雪，没有失约。

我一个人走在人群里，走过了没有张万森的 2021 年，然后继续一个人慢慢往前走。

广场屏上的时间马上就要跳转到 2022 年了。

这一刻，我看着漫天飞舞的雪花，好想对他说：

张万森，下雪了。

你还好吗？

我好想你，我真的好想你。

人行道上，熙熙攘攘的人群川流不息，我在后面慢慢走着，视线突然变暗，眼前的雪花消失了。

身后有人帮我撑起了一把雨伞。

一把黑色雨伞。

我驻足，抬头。

这把雨伞就和那年夏天的大雨里，张万森无数次为我撑起的黑色雨伞，一模一样。

原来

不是沿着顺时针

走的两个人

最后就能

走到一起

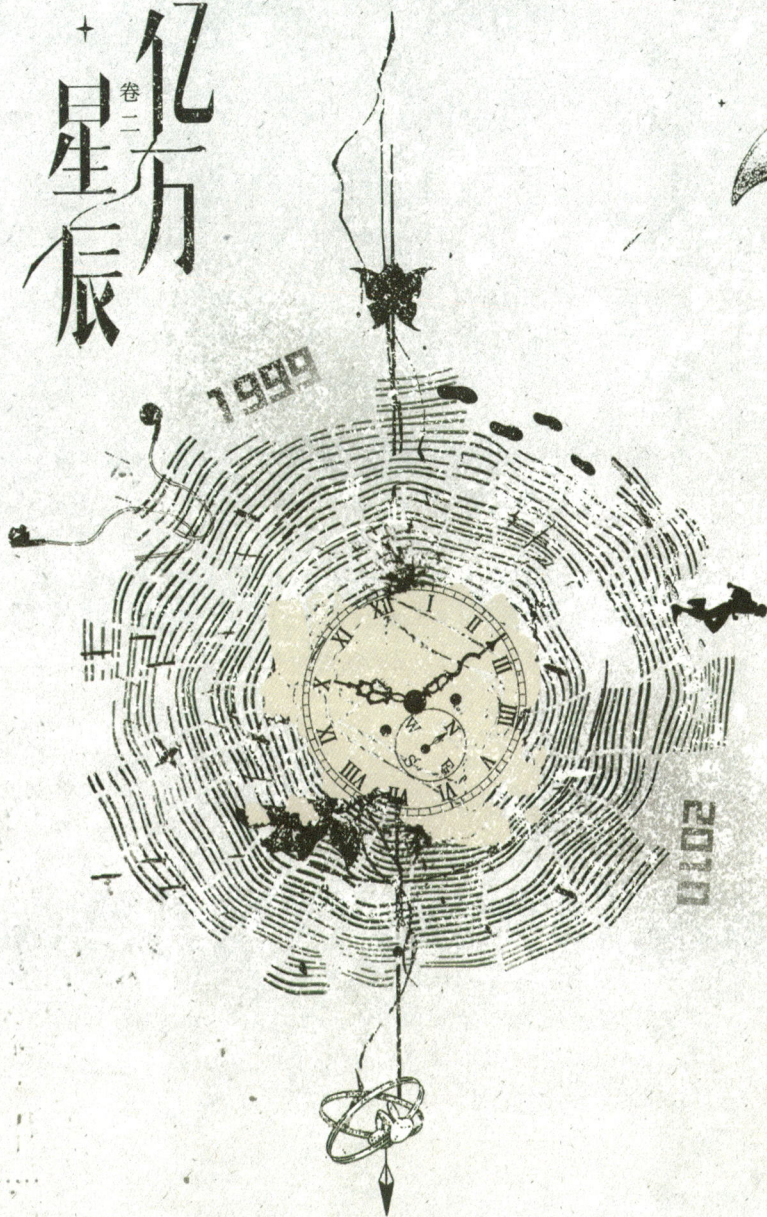

亿万星辰
卷三

1999

2010

第一章：
◀ 星辰，年轮 ▶

2007 年夏末初秋，南川路上的花依旧一簇拥着一簇，热烈地开着。

这座城市好像一直没有特别寒冷的季节，但今年的花确实要比往年开得更久、更繁盛一些。

今天是南川中学新生开学的第一天。

学校略微显旧的红石砖墙，记录着一代又一代人的青春从这里走过的痕迹。而我，今天也穿上了和他们一样的校服，准备从这里开始，重新出发。

林北星，我跟你一起考上南川中学了。

一路上，我听着身边人来人往的脚步声，心里想的一直是这句话。

尽管我知道，其实那个和我有一样粉色兔子头绳的女生早就已经不记得我了。

但，我还是好想和她说一句：**真好啊，林北星，我们又可以读同一所学校了。**

分班名单公示栏前围了不少人，我试着站在后排往前看，名单第一排便有我的名字——张万森。

自很遥远的过去开始，便寂静陪伴亿万星辰的郁郁森林。

这是我妈说给我的关于这个名字的含义，亿万颗星，上万圈年轮，古老而浪漫，我很喜欢。

我还是没有找到林北星的名字，前排人群挡住了我的视线，于是我只能不好意思地又往前挤了挤。

林北星，林北星，林北星……

高一8班，林北星。

真的看到这三个字的时候我有一瞬的恍惚。

原来我们不仅同校，而且好像，还是同班同学了。

高一8班，张万森。

高一8班，林北星。

这一刻，我的第一反应居然是担心自己会不会看错了，于是努力克制着自己的激动，反复将告示板看了又看，直到确信这一切都是真的，才终于忍不住开心地跑了起来。

有风吹起，两旁树叶跟着沙沙作响。

我跑得很快，拂过耳边的风正在变得越来越具体，仿佛它们也在为我开心地鼓掌一样。

进了高一教学楼，周围听上去要比外面更安静一些，大概因为这栋楼里的人都还没来得及认识彼此吧。等到以后认识了就好了，认识了就会变成朋友，无话不说的朋友。

这一天我都在这样安慰自己。

虽然还是没有机会跟林北星说上话，但能和她像现在这样坐在同一间教室里，我真的很开心。

以前也想过无数次跟她再次重逢的场景，纠结着到时应该先说"你好"还是"好久不见"。可当她真的就这样一次次真实地从我眼前经过的时候，我才发现，我根本开不了口。

想说的话在心里憋了太多、太久，最后多到自己根本无法决定到底应该先说出哪一句的时候，那些漫长时光里的准备和期待，就不得已只能变成此刻的沉默。

不过没关系，以后认识了就好了。

三年，接下来我还有很长的时间可以让林北星重新认识我。

开学之后没多久，我就被评选为班长。高中生活过得很快，除了偶尔的班务工作，其他时间里仿佛永远都是写不完的作业，就好像从我们入学的第一天开始，接下来每一天的每一步都是直接、精准地朝着高考去的。

当然，偶尔也还是会有一些校园活动来丰富大家枯燥而重复的生活。

这天放学，老师安排我负责校园艺术节活动，还说可以找位同学一起帮忙准备班级表演的集体节目。

我点点头，转身问道："哪位同学愿意……"

愿意和我一起准备节目。

后面的话还没说完，林北星便站了起来。

其他人都在忙着收拾自己的书包，只有林北星站了起来。

她愿意。

我看着她从后排朝我这边跑过来，离我越来越近，这几秒间，我心跳得太快，只觉得周围的一切都安静了下来。

只有林北星，还在一步步朝我靠近。

"林北星。"

这是开学后我第一次叫她的名字。

她好像有些意外，停下来看着我，带着疑惑"唉"了一声。我立刻就明白自己误会了，原来她站起来并不是想要跟我一起准备艺术节的表演节目。

我很慌，但也只能硬着头皮，努力让自己看上去还算平静地看着她，小心翼翼地问下去："你愿意吗？"

"我？"

"嗯。"

我甚至没敢去想她会给我一个什么样的回答。

不过说什么其实都没关系，反正就算拒绝了，也没关系。

好在林北星最后还是答应了，虽然我猜她只是不想让我这个班长下不来台。她还是和小时候一样，热情、善良，总能照顾到别人的感受，给对方带去力量。

　　教室里的人很快就走光了，最后只有我和林北星前后排坐着，傍晚有风穿透窗边白纱轻轻地吹进来，像是害怕一不小心就惊扰到了谁的梦。

　　"林北星。"

　　这是我第二次叫她的名字，没有回应。

　　林北星看上去有些心不在焉，我只好鼓起勇气继续说道："你有什么想法的话，我们可以一起商量……你觉得，口琴演奏怎么样？"

　　说这些话的时候，我手里的笔也开始跟着不受控似的，在空白笔记本上勾勾画画了起来，要写什么我不知道，我唯一知道的，就是这样起码不会显得我太过紧张和尴尬。

　　"我都可以呀。"

　　林北星好像急着要走，语气突然变得有些慌乱，跟我解释一圈后说："我都可以，你决定吧。"

　　"好，那训练的时候你记得来……"

　　"我先走了。"

　　不等我把后面的话说完，林北星就已经背着书包离开了。

　　她的背影消失在门口，教室突然变得空空荡荡的。

　　再一次，只剩下了我一个人。

　　不过我还是很开心，因为今天和林北星说了好多话。

　　后来我才知道，其实那天林北星是急着去看隔壁班那个叫展宇的男生打篮球。

　　我有几次在路上遇到过他们，展宇总是习惯走在前面，而林北星总是从后面朝他飞奔而去。

　　"展宇，我们一起回家吧。"

　　"展宇，我帮你拿着……"

　　"展宇，你等等我。"

……

展宇展宇展宇。

九月的南川经常下雨。

而林北星，好像有喜欢的人了。

被雨拍打落下的叶子很快被匆匆路过的学生踩了上去。

林北星追着展宇从我身边经过，她没有看到我，她也不应该看到我。

我转过身，背对她把路上残存的落叶轻轻扫去。

雨停了，我却觉得它好像永远也下不完了。

校园艺术节的班级表演节目最后还是定了口琴演奏。

准备排练的那天，我在学校超市看到货架上新摆了动物饼干。想起来，第一次吃这个饼干，还是小时候林北星给我的。

不知道她现在还喜不喜欢。

我买了几包带走，只不过想了很久，还是不知道该以什么样的方式送给她。最后只好把饼干先放在排练室，想着等晚点儿大家都来排练的时候，再说是买给大家的零食，一同分给她。

这样，应该不会让人觉得太突兀吧？

傍晚，又下起了雨。

不知道为什么，每次到了这样的雨天，我就很想林北星，想知道她今天出门有没有记得带伞，想知道她放学回家乘坐的 11 路公交车能不能按时进站，想知道……是不是我也可以勇敢一次，告诉她：林北星，我喜欢你。

这样想着，我甚至真的打开了手机，翻到那个备注是"星"的号码。

林北星，如果我说出"我喜欢你"这四个字，你会不会也有万分之一的可能，猜到这串数字后面的人是谁？

可惜命运有时候真的很爱跟人开玩笑，它总能看似无意又轻而易举地打破人们手中紧紧攥着不肯放弃的那么一丁点儿希望。

路过排练室的时候，我听到里面传来林北星的声音。

"藤藤，这个动物饼干是你买的吗？好好吃呀。"

"你也吃一个吧。"

我驻足，隔着缝隙往里看。

林北星怀里抱着几片绿色树叶道具，而那个正在被她追着喂饼干的人，还是展宇。

原来林北星真的有喜欢的人了。

她喜欢展宇。

那一刻我突然明白，能和林北星成为同班同学的这份幸运让我几乎忘记了，感情本来就不是拿来等价交换的筹码，不是你喜欢别人，别人就要一样喜欢你。

她也是会喜欢上别人的。

楼外的雨越下越大，这么多年，我还是第一次像现在这样这么讨厌雨季。

那句写好的"我喜欢你"最后还是被我存在了短信草稿箱里。再后来，说好的集体训练，林北星也没有来。

我确实有些难过。

不，是很难过。

但我依旧试着安慰自己说，也许吧，也许明天，也许后天，也许……也许在未来不知道的哪一天，等到你不再喜欢别人了，那时我还有机会可以告诉你——

林北星，我喜欢你，从很小的时候就开始喜欢你了。

第二章：
◆ 烧不尽，落又生 ◆

喜欢一个人，就是那人在自己心里偷偷藏下一粒种子，等你察觉的时候，那种子已经变成了参天大树。

烧不尽，落又生。

高一结束之后，我和林北星就不再是同班同学了。

很遗憾，过去一年的时间，我也没能让林北星重新认识我。

也许再过几年，当她跟人回忆起自己的高中时代，那个叫张万森的男生，也不过是她没说过几句话的班长。又或者，那时的她，可能早就已经不记得自己还有过一个叫张万森的高中同学了。

一个人想在另外一个人的记忆里留下些时间都擦不掉的痕迹，好难。

分班之后的学校生活和之前一样，没什么特别大的变化。

除了，以前可以每天都看到林北星，即使我们几乎不说话。

现在变成了不仅说不上话，甚至一天也很难遇见一次。

偶尔去年级办公室或其他什么地方的路上，我也会故意从他们班门前经过，想着碰碰运气，看自己会不会遇到她。

十次，九空。

后来还以为失望的次数多了、时间久了，自己就不会再抱有什么不切实际的期待了。

可人生就是有太多事与愿违，我越努力不去想，越忍不住想。

林北星对我而言是高悬在夜空中的北极星，而我只是在广袤森林里的一个迷路人，始终望着她所在的方向。

喜欢林北星已经成了一种习惯，成了我下意识地追寻——我总能在人群里一眼就看到她。

这样习惯着，习惯着，转眼我们就升到了高三。

开学第一个月，学校专门安排我们跳兔子舞，说是可以帮助大家缓解高考带来的压力。

这天天气格外好，几乎没有任何云层遮挡的阳光直接落在地上，操场也跟着变宽阔了不少。

各班学生排好队，一个搭着一个的肩膀围成圆圈，年级主任站在一边，举着手里的喇叭指挥，铿锵有力地喊道："一二三四，左脚右脚跳。"

大多数学生的动作都不太协调，我也是，跳起来手忙脚乱的，场面乱七八糟。

虽然大家看起来兴致不高，但我却挺开心的，毕竟高中生活的每一天都在按部就班地进行着，难得有机会可以让我们像现在这样毫无顾忌地"失控"。更重要的是，我可以每天都看到林北星，像是奔赴只有我自己知道的"秘密约定"。

很快，我又在人群里看到林北星了。

她的手搭在展宇肩上，笑得很开心，跳得也很好。两只脚跟着节奏跳得轻松自如，真的就像兔子一样，很可爱。

我看着她，突然又想起小时候的那根粉色兔子头绳。

我和林北星之间，好像又多了一份和兔子有关的回忆。

虽然这份回忆，从前和以后，大概率都只有我一个人记着。

放学路上，我又一次看到林北星和展宇从我身边匆匆经过。

那一刻，我第一次惊讶地发现，我是嫉妒展宇的。

是嫉妒，不是羡慕。

出校门时不小心撞到了人，我失落地说着"对不起"，然后怀揣心事低头离开。

结果没走两步，这人便又扯着我的胳膊把我拉了回来。

"认识张万森吗？"

声音不太耳熟，不过听上去这个人是在找我。

我抬眼看了看他，一个穿黑白花衬衫、染红色头发的男生。

不认识。

他也歪头看了看我，目光落在我校牌上的时候，眼神突然变得更凶狠了些。

"原来你就是张万森！"

说着，他便不由分说地将我推到旁边宣传栏上，动起了手。

学校门口还有陆续走出来的学生，不过并没有人伸手阻止这场单方面的打斗。

我应该反抗的，但我今天有些难过，根本提不起力气。

"还手哇！你这个废物！凭什么也能让高歌喜欢？"

听到这句话的那一刻，我抬眼看着眼前这个好像除了用拳头来发泄，已经完全没了任何办法的人，心里竟然觉得，某种意义上其实我和他是"同病相怜"的，只不过我没有像他这样不管不顾的勇气，甚至连我喜欢林北星这件事，都只能是一个秘密。

这天，我带着一身心事和疼痛，疲惫地回到只有我一个人住的家里，昏昏沉沉睡去。

接下来的几天我没去学校。

高歌来家里看我，我从她那边知道了那天打我的人叫麦子，一个辍学的街头少年，在给一家修车铺打工。

高歌是和我从小一起长大的邻居，也是我们年级主任高光明的女儿。

她和她爸关系不太好，我能理解她，也理解高叔叔。有个做老师的家长确实比较麻烦，在学校的时候不希望他管得太多，回到家里又觉得他对自己关心太少；想让他把自己当成普通学生一样对待，有时候又很生气，明明自己不仅是他的学生，更是他的女儿。

想想都觉得别扭极了。

高歌想气她爸，所以故意和这个叫麦子的男生走得很近，但是后来才发现他爸甚至从头到尾都没察觉到这件事，高歌生气，觉得没意思了，就不跟麦子一起"玩"了。

后来麦子不知道从哪儿听说了高歌跟班上一个叫张万森的男生走得比较近，于是误会她移情别恋，一怒之下把我给打了一顿。

高歌气不过，准备找麦子再干一架帮我打回去，我拦住了她。

算了，从某种意义上来说，麦子也是受害者，我俩扯平了。

身上被打过的地方已经没那么疼了，一个人在家躺得太久有些无聊，冰箱里的存货这几天也快被我吃完了。我想出门散散心，顺便去便利店再买些东西回来。

街灯下的柏油路面湿漉漉地泛着橘色的光。

南川又下雨了，天气预报说台风正在逼近，接下来一阵子应该都是这样的雨天。

便利店门前站了一群人。

确切来说应该是，一个人和一群人在对峙。

我在不远处看着，一眼便认出了那个人是麦子。

他可太好认了，身上那种不管不顾的野劲儿，很少人能有。

麦子赤手空拳，对面一个人的头上绑着绷带，除了中间的光头，剩下的人手里都拿着棍棒。

真要打起来，麦子就算能赢，估计也要吃不少亏。

果然，麦子很快被光头按住，肚子上被狠狠踢了一脚，他顿时疼得蜷缩在地上。

"你们干吗呢？"

我想都没想便走了过去。

麦子有些艰难地从地上站起来，抬头看了我一眼，眼神有些意外。

"我刚刚看那边……"

说着，我便拉起麦子朝反方向拼命地跑。

下过雨的街道有些湿滑，头顶上的老旧电线错乱纠结，我和麦子被人追着在一条连着一条的迷宫一样的小巷里穿梭，找不到出口，也停不下来。

很遗憾，最后我俩还是跑进了死胡同里。

耳边传来隔壁人家电视里正在看的晚间新闻的声响，空气里全是雨水混着海水的咸湿味道。

光头他们很快追上来堵住了出口，不怀好意地朝我们慢慢逼近。我看了一圈，最后在手边的墙上发现了消火栓。

果然，天无绝人之路。

我打开柜门，把水枪递到麦子手里，我看到他笑了一下，然后开始疯狂地往外扯水带，并拧开关。

"来呀，矮冬瓜！"

麦子朝对面的人挑衅。

就在他们马上近身的那一刻，消火栓的阀门终于被拧开了。

高压水枪往外喷射的水花逼得他们一步也不能靠近。

"矮冬瓜，来打我呀！"

麦子继续挑衅，手里水枪的反击扫射简直毫无章法。我却看得开心，在他身后，和他一样开心。这一刻，我觉得我们像是穿越进了小时候玩的游戏里——和好朋友一起升级打怪，最终击败大魔王。

我们都是自己游戏世界里的超级英雄。

矮冬瓜大魔王一行人落荒而逃之后，麦子说要请我吃饭，我没拒绝，这么一圈折腾下来，确实饿了。过了饭点，面馆里也没什么生意，我跟麦子在外面随便找了张桌子坐下。

"对不起呀。"

我知道他是说那天放学的事。

我摇了摇头，顺便跟他解释说："高歌不喜欢我。"

高歌不喜欢我，也不喜欢他。

当然，后面这句我没说，也轮不到我来说。

"有时候，不是我们喜欢一个人，那个人就会喜欢自己的。"

我像是说给麦子听，又像是在安慰自己。

麦子听着，低头吃了一大口面，过了许久，他才抬起头来跟我说："搞得像是你很懂一样。"

我懂，我怎么会不懂。

就像我喜欢林北星，可林北星喜欢展宇，不喜欢我。

气氛突然变得有些沉重。

麦子干脆换了个话题，跟我解释刚才的事。

听他说完，我才知道，原来除了修车，他还会帮一个叫雷哥的人收债。

"你每天这样，有意思吗？"我问。

麦子嘴里嚼着面，无所谓地说着："我这样自在，没什么不好。"

说完他又顿了一会儿，继续说："你别想教育我呀。"

"没有。"我笑笑。

我没想要评价谁的生活，我们都有自己的生活方式和选择，没有资格去管别人的选择和决定。

麦子看上去真的很饿，一碗面很快见底。

我等他吃完，说："你要是没事，可以来找我玩。如果你把我当朋友的话。"

麦子手里端碗的动作顿了一下，然后做出勉为其难的样子，回了句："行吧。"

行吧，我们就这样，成了朋友。

那天之后我和麦子变得越来越熟。

有时候一个人在家无聊，我也会去修车铺找他。偶尔去的时候我还会带上几本书，他虽然看不懂也不喜欢看，但还是会默不作声地在修车铺的角落里，整理出一张干净的桌子给我用。

大多数时候，我俩就这样各干各的，一起安静地待着。

他修他的车，我看我的书。

重要的是，有了麦子这个朋友之后，那些被我小心翼翼藏在心底的秘密，开始变得不再那么沉重，也有人可以一起分享了。

有天周末我没去修车铺，麦子拿了张碟片来我家找我一起看碟。

《集结号》，我把影碟拿手里看了看，电影主角叫谷子地。

麦子，谷子。我突然觉得这两个名字连在一起还挺有意思的。

麦子说他从小就喜欢看这些战争片，多帅。

"你要真这么喜欢，干吗不去当兵啊？"

这是我俩认识之后第一次聊到未来。

其实刚说完我便有些后悔，因为之前我说过不会教育他。好在麦子也没特别在意，他只是无奈地笑了一声敷衍过去，说："哪儿这么容易呀。"

我没再说话，但从他的笑声里我能听出来，如果有机会，麦子未必就一定会像现在这样，每天跟着那个叫雷哥的一起打打杀杀。

等着电影正式开始的间隙，我放在没完全关上的抽屉里的粉色兔子头绳被麦子看到了。

“你一个大男生居然还收藏这种东西呀？”麦子把头绳拿了出来。

我想拦，没拦住。最后只好把这个头绳以及这个头绳背后关于我和林北星的故事说给他听。

那天，关于电影到底讲了什么，我和麦子一个画面也没看进去。我只记得自己跟麦子聊了好久，久到后来就连我自己也才发现，原来我对林北星的喜欢，已经有这么多、这么多了。

1999年，学校安排我们到南川动物园春游。班上的小朋友们欺负一只天鹅，我试图制止，结果却被他们推倒在地。

那时候的我，胆小懦弱，还总被我妈打扮成女孩子的模样，能站出来就已经耗尽了我全部的决心和勇气，想要保护那只正在被欺负的天鹅，实在是有心无力。甚至很快，连我自己也成了他们欺负的对象。

是林北星救了我，救了我们。

到现在我都还记得，那时候小小的她勇敢得就像一名战士！她带着光出现，帮我打跑怪兽，和我分享动物饼干，然后拉着我，承诺说以后她来保护我。

美少女战士“水冰星”！

那时候我就觉得，能认识你真好哇，林北星。

那天我们还一起在园里救了只受伤的小猫。

林北星夸我厉害，问我以后是不是想当兽医。

我告诉她，其实我的梦想是成为一名无国界兽医。

“那是什么？”

意料之中，林北星也不知道无国界兽医是什么，但她并没有像其他人那样嘲笑我，甚至还鼓励我追求梦想。哪怕她甚至都不能很连贯地说出“无国界兽医”这几个字，但她依旧那么坚定地相信我将来一定可以实现自己的梦想。

粉色兔子头绳也是因为当时救下了小猫，园长奖励给我们的，我和林北星一人一条，约定好以后实现梦想了也一定不会忘记她。

怎么会忘记呢。

如果那个人就像每天都在照亮自己世界的光一样，又怎么会被忘记呢。

从这天起，我的每一次进步都是为了努力朝她靠近。

报名参加朗诵比赛，上课积极回答老师的提问，努力学习让自己可以离她近一些，再近一些，至少可以近到出现在能被她轻易看到的位置。

我设想着下次在学校遇到的时候，自己也可以和她成为朋友。

没想到的是，很快我就因为我妈的工作变动转学了。

是呀，后来我才知道，其实人生从来就不是沿着顺时针轨迹往前走，事情就能按着我们所希望的一切，自然而然地发生的。

我甚至没来得及告诉她：

你好，林北星，我叫张万森。

不再和林北星同校的日子，我唯一能做就是让自己努力一点儿，再努力一点儿，这样才能让事情更快地回到它应该在的轨迹上。

2004 年，我跳级成功了，遗憾的是我和林北星依旧不在同一所学校。我试图去找她，拿着买好的动物园门票，在十七中门口等她放学。

生平第一次，我在放学铃声中感受到了局促不安和难以言喻的紧张。

我不断调整自己的呼吸，一遍遍在心里默念着等会儿见到她之后要说的那句"你好，林北星，我叫张万森"。

念到这句话我都快可以倒着讲出来的时候，林北星终于和同学一起出来了。

在此之前其实我也想过，过去了那么久，我会不会已经认不出她了，又或者我对林北星其实也没有那么喜欢了？但我还是一眼就认出了她，这么多年，我还是那么喜欢她。

我看着林北星慢慢朝我走过来，阳光明媚，只觉得我们错过的这几年时光仿佛也跟着回来了。

我很紧张，再次整理好衣领，才鼓足勇气朝她跑了过去。

"你好，我是……"

开口后，发现自己说出来的和心里默念的自我介绍不太一样，我更紧张了。

但当时有比紧张更重要的事——林北星根本就没有认出我。

她不认识我了，甚至连一瞥余光都没有投向我。

我又一次错过了。

那句"我叫张万森"到底还是没能说给她听。

但也不全是遗憾，我看着她的背影很快消失在人群里，不断安慰自己说，最起码我听见了她和朋友的对话，知道了她喜欢篮球打得好的男生。

怀着可以多一分和林北星再次相遇的希望的想法，那天回去之后，我决定了加入校篮球队。

很快，我便真的等到了机会。

我们学校和十七中有场篮球比赛，但因为我入队比较晚，所以只能当替补队员。

不过没关系，只要能见到林北星就好。

比赛那天，我担心自己会再次紧张得说不出话，于是便将提前写好的字条和那根粉色兔子头绳一起带上，准备找机会给她。

字条上写的是：

林北星，我们可以重新认识一下吗？

——张万森

折好之后，我还在字条外面画上了一颗星星，和她名字中一样的星星。

还有那根粉色兔子头绳，我想告诉她：林北星，小时候的约定我

· 193

做到了，我一直没有忘记你。

球场上，两所学校的比赛正在激烈地进行，林北星站在一边给人加油打气。我等在旁边想了好久，才下定决心站起来，准备把手里的东西交给她。在此之前，我脑海里已经设想过了无数种我们这一次相遇的情形，唯一没想到的就是，她居然主动跟我说话了。

我整个人完全无措地愣在了原地。

不过她最后也只是问我我们学校的洗手间在哪儿。

无事发生。

林北星离开后，我一直没有等到她回来，担心她会迷路，所以我找了出去。

走到食堂附近的时候，我听到里面有敲门的声音，是林北星。

食堂起火了，她去帮忙，结果却把自己困在了里面。

很快，我又闻到有火烧焦东西的味道——林北星有危险！意识到这一点之后，我疯了一样朝里面跑去，拼尽全力试图推开那扇挡在我和林北星之间的大门，但它却死死拦着我奔向林北星的脚步。

长这么大，我从未像当时那样害怕过。

如果，我是说如果，如果那天林北星真的出了意外，我想我永远都没办法原谅自己。不是因为遗憾我还没来得及跟她说出那句"我喜欢你"，而是无法原谅我没有保护好她。

透过门缝，我能感受到里面正在蔓延的火光似乎下一秒就要烧掉我这些年所有的希望。

幸运的是，最后我救下了她。

我花光所有力气推开了那扇门，火光挡在我和林北星之间，我看不到周围的一切，只看到林北星被困在火光里，她就要倒下了。那一秒的我什么都来不及去想，只是下意识奋不顾身地朝她跑去。

赶上了。林北星倒下前，我把她接在了怀里，旁边被撞倒跌落的模具烫伤了我的胳膊，很疼，但我无比感激是自己承受了这份伤疤和疼痛。

我在心里想着，你看啊，林北星，我不再是那个需要被你保护的小屁孩儿了，我已经，可以保护你了。

出来后，我把昏迷的林北星放在一个安全的地方，随后起身去找老师，当我再折回来的时候，却听到醒来的她在和另外一个男生说谢谢。

林北星认错人了，她以为，是那个人救了她。

而我，只能再一次在旁边远远看着，接受我又一次错过了她的事实。

命运似乎总是喜欢和我开这样的玩笑。

有时候我也忍不住会想，明明我已经那么用力地在朝着她奔跑了，每次却又总是只差那么一点儿。

是不是还是我跑得不够快？如果我可以跑得快一点儿，再快一点儿，那样的话，我们是不是就可以重新认识了？

可事实就是，过去的每一次，我都没能让林北星重新认识我。

讲完这些，我和麦子都沉默了许久。

我侧过脸看他的时候，不知道是不是因为发色的原因，麦子的眼眶看上去有些泛红。

"后来呢？"麦子问我。

我尽量让语气显得轻松随意一些："后来，后来我和她一起考上了南川中学，做了一年没怎么说过话的同班同学。再然后，我们就分班了，我和她不在一个教室了。"

三言两语。

但后来的故事，确实如此。

将近十年，我和林北星，其实连交集都没有过几次。

或许从整个时空的层面来看，这一生，我对林北星的喜欢就注定是条单向线，无限延伸，看不到终点在哪里。

第四章

◀ *下次，一起看初雪吧* ▶

下雪了。

2009 年 12 月 31 日，南川迎来了这座城市今年的第一场雪。

晚自习放学，走出教室的时候，灯光下的雪花已经从最初零星的冰晶变成了轻盈的鹅毛。

学校里很热闹，走到哪儿都能听到人们为这场初雪而开心的欢呼声。

我也很开心，2009 年的最后一天，冬天托风给人间送来了它的新年礼物。

出了教学楼，雪越下越大，我想起来高一那年的圣诞节，南川也下过这样一场漂亮的初雪，只不过那年雪花来得太晚，我在家推开窗看到雪花的时候，林北星不在。

当时我还跟圣诞老人许愿说，想和林北星一起看一场初雪。

也许这个愿望，今年可以实现吧。

哪怕我只能远远地看着她，看着雪。

我开始在人群里疯狂地寻找林北星，但我第一次觉得这个学校好大，大到哪里都有林北星的影子，却又哪里都看不见林北星。

最后，我没有找到她。

当你特别想找一个人的时候，结局往往就已经注定了会错过。

很遗憾，今年也没有实现和林北星一起看初雪的愿望。

也没有机会跟她说：*林北星，新年快乐*。

一场大雪过去，再转眼，就到了来年春天。

"高考"这两个字似乎有一种神奇的魔力，它好像可以让时间因为它的存在而加速流逝。

距离六月越来越近，时间一晃而逝。

高考前三个月，我妈又打电话来问我去非洲的事情想得怎么样了。其实几个月前她就打电话问过我，要不要跟他们一起去非洲，那边正好有一个无国界兽医的实习申请机会。

这些年，爸妈一直都在国外工作，我们一家人聚少离多。况且，成为一名无国界兽医也是我从小到大的梦想。我本来应该毫不犹豫就答应的，但是想到林北星，我又不知道该怎么决定了。

也许现在出国，就意味着我们再没有机会可以重新认识了。

没有机会一起放学回家。

没有机会一起拍毕业合影。

没有机会一起参加高考。

没有机会一起看一场乐队演出。

没有机会一起等来初雪。

没有机会一起长成优秀的大人。

……

没有机会让她重新认识我。

太多太多事情，就都变得再没机会了。

好在出国这件事还有几天时间可以考虑。我妈说，不管我做什么决定，她和我爸都会支持，只要我想明白了，将来不会为自己现在做的决定后悔就行。

我发现，除了小时候我妈总把我打扮得像个小女生以外，大多数时候，我真的很爱很爱他们。

我继续带着犹豫不决的心情一个人安静地生活，好在麦子偶尔还会来找我一起看碟。

当然，看的还是他喜欢的战争片。

反复看，百看不厌。

"你觉得，出国做无国界兽医怎么样？"

我想了想，还是觉得应该把这件事告诉麦子。

麦子把碟片暂停，能看得出来他很意外，而且想了很久才认真开口："我从不帮人做决定。"

影片继续，麦子盯着屏幕，看似漫不经心却又每一个字都透着郑重地说："如果这是你想做的，那不管你做什么样的决定，我都会支持你。而且，我相信你小子一定可以做得很好。"

我很开心。

很久了，就像小时候林北星说"我相信你一定可以成为一名无国界兽医"一样，我很久没有收到这样不经任何利弊分析，只是单纯的、无条件的支持和鼓励了。

其实在此之前，年级主任，也就是隔壁的高叔叔，已经在学校找我聊过了，他应该是从我爸妈那儿听到的消息，不过他给的建议是并不希望我在这个时间点放弃高考选择出国。我明白他的意思，在他们那代人眼里，以后出国的机会还有很多，但高考对我们来说大概率就这么一次，总该奋力一搏。从小到大，我们参加一场又一场的考试，就是为了奔赴六月盛夏这最终的一场。

准备了这么久，临门一脚前放弃确实可惜。但现在可以实现梦想的机会就摆在眼前，放弃的话，我也没办法保证自己以后就真的不会后悔。

再想想吧。

睡觉前，我把考核报名表收起来，和粉色兔子头绳放在一起，心想先把眼下的月考准备完再说。大不了，最后我就抛硬币来决定。

月考结束这天，放学的时候，我又在路上碰到了林北星。

"展宇，你等等我！"

三年了，林北星还是那么喜欢跟在展宇身后。

而我，一样没能改掉目光总是下意识在人群里追随她的习惯。

林北星还是和小时候一样，笑起来的时候眼睛弯弯的，像星星一样闪着让人安心的光。

我看着她突然在想，如果我现在过去问她"你觉得出国做无国界兽医怎么样"，她会怎么说？她还会像小时候一样，毫不迟疑地鼓励我去实现自己的梦想吗？

会吧。

毕竟林北星一直是美少女战士"水冰星"。

可惜我已经没有跟她确认答案的机会了。

学校月考成绩出得很快，差不多隔天，年级排名就贴在了教学楼下的公示栏上。

路过公示栏的时候，成绩榜单前围了不少人，想起来高一入学那天的分班名单前，也是和现在一样热闹。很多事情都还恍如昨日，但也有很多事情在不知不觉间就改变了。

我本来也准备过去看一眼，结果快到跟前的时候，看到了外面站着的林北星和展宇。

我又突然怯懦了，我不敢往他们旁边站。我承认，很多时候我一直在逃避面对一个事实，就是林北星真的已经一点儿都不记得我了。

我慢慢从她身边经过，听到她和展宇说："我知道，以我现在的成绩没办法跟你一起去北京，但你相信我，我一定会努力的！"

"你相信我"，林北星说得那么坚定。

这一刻我才不得不承认，原来林北星是那么喜欢展宇，喜欢到满眼是他，喜欢到就像地球乐此不疲地追着太阳转一样，喜欢到十八岁的梦想就是和他一起去北京。

展宇，是林北星的梦想。

我，真的好嫉妒展宇。

可我只能难过地别过头去，眼眶酸涩，好像有什么东西流了出来，脸上凉凉的。

我好像，从来没有如现在这样难过过，难过到不敢用力呼吸，难过到对自己的难过一点儿办法都没有。

原来那种被自己牢牢攥在手里不肯放下的最后一丝希望破碎了，就是这样的感觉呀。

像夜里的灯被人啪嗒一声关掉，最后眼前就只剩下无助和黑暗。

要不要去非洲的决定不能再拖了。

我妈再一次打电话来问我考虑得怎么样了，我不知道该怎么回答。

想来想去，现在能给我答案的或许只有一个地方——南川动物园。

我一个人回到了自己和林北星第一次相遇的地方。

这里的一切都没有改变，还是和小时候春游时一样。

我记得那天，林北星就是坐在这里跟我说"以后要是你实现了梦想，一定不要忘记我"，这么多年，我一直都记着这句话。

下午的阳光越来越刺眼，透过叶子洒在身上，还是让人有些恍惚。

又一个春天要结束了。也许，有些事我也应该放下了。

"笨蛋。"

林北星，我会永远记得你，即使你不再记得我了，我也会一直记得你。

"笨蛋，笨蛋。"

慢慢地，我才反应过来，原来是鹦鹉园里那只鹦鹉在一直喊我笨蛋。我无奈，心想就连它都觉得我是个笨蛋。

这只鹦鹉和我认识快一年了，之前有次我来这里遇到了林北星，她正因为展宇没来找她而难过。林北星哭了，但这只鹦鹉却还在不停地对她说着"笨蛋"。我好想过去安慰她，但最终只敢安静地躲在一边陪着她。可能，我也是个笨蛋吧。这一年，我每次来动物园都会跟它说会儿话。但我今天心情不太好，实在没什么力气，准备离开。

"笨蛋，笨蛋，笨蛋……"

它还在不停地喊我笨蛋，我也不知道怎么就突然来了劲，转身弯腰看着它，想了很久才开口说："我喜欢你。"

那一刻，我心里其实是有期待的，期待着它也会给我一样的回应。

遗憾的是，它依旧觉得我是个笨蛋。

"笨蛋。"

"我喜欢你。"

"笨蛋。"

"我喜欢你。"

"笨蛋。"

"我喜欢你。"

……

我这个笨蛋真的和它较上劲了。如果这时候有人进来看到这一幕，一定会觉得这里真的有一个笨蛋在和鹦鹉吵架。

但只有我知道，我只是想把过去没能告诉林北星的"我喜欢你"全部说完。

"我喜欢你。我喜欢你。我喜欢你。我喜欢你。笨……"

"我喜欢你。"

它真的学会了。

我有些不敢相信。

直到当我再次说出"我喜欢你"的时候，它回答我的也是"我喜欢你"。

很多事情在这一瞬间突然释然了。

十年了，林北星，我喜欢你已经十年了。

既然现在"我喜欢你"有了回应，那我似乎也不应该再有什么遗憾了。

第五章：

◀ 星星，是很重要的存在 ▶

我决定出国了。

电话那边妈妈的声音听上去很开心。

我们一家也算是不用再每天隔着电话线团聚了。

这个决定我只告诉了麦子以及高叔叔一家，毕竟在这个城市，我也没有谁可以分享了。

我去修车铺的时候，麦子刚跟人打完架回来，脸上带着伤，却跟我说一点儿小事不要紧。

我递了毛巾给他，顺便跟他说了自己已经决定出国的事，麦子把毛巾搭在脸上捂了很久，才随手揉了一把，丢在旁边的桌子上，说："我说过了，不管你做什么决定，我都支持你。"

我能听出来他在逞强，果然，很快麦子就笑着继续说道："不过你可千万别太想我，我麦子最怕的就是你们这些好学生犯矫情了。什么时候走？话先说前头哇，我没准备送你，我最见不得那种分别的场面。"

麦子笑得很夸张。

他大概不知道，一个人脸上的表情做得太大的时候，藏在心里的情绪就会透过眼睛流出来。

出国前，我拉麦子去动物园看了那只会说"我喜欢你"的鹦鹉。

麦子说"你好"，鹦鹉说"我喜欢你"。

它终于不说人"笨蛋"了，我很开心，也许下次林北星遇见这只鹦鹉的时候，它会帮我告诉她，"我喜欢你"。

不过麦子似乎并没有觉得有多惊喜。

"就这？"

麦子拍拍我肩膀，说："你有本事就当着林北星的面去说，在这儿教鹦鹉，算什么好鸟？"

很难的。

麦子不知道教会鹦鹉说"我喜欢你"很难的。

让我当面对林北星说"我喜欢你"也很难的。

高歌知道我要出国的消息有些失落，她很羡慕我爸妈可以这样无条件地支持我去实现自己的梦想，她爸却连她喜欢画画这件事都不知道，更别说支持她考美院这件事了。

"他从来都没有关心过我真正想要的东西是什么。"

"但你也从来没有跟他说过你真正的想法是什么。"

这几年，我也算是高歌用各种办法跟她爸斗智斗勇的见证者，但我知道，高歌并不是真的叛逆，她只想用叛逆的方式来引起爸爸对自己的重视。可惜高叔叔做老师做习惯了，就算回家面对亲生女儿，也习惯了说教，才会让他们的矛盾越来越深。

"有时间就多和你爸聊聊吧，他未必不会支持你的梦想。"

高叔叔虽然古板，但我并不觉得他是个不讲道理的人。这次出国的事情也一样，他虽然不能完全理解，但还是帮我认真查了很多关于无国界兽医的资料。

如果一个人坚定地选择了自己的梦想，最后总有一天，全世界都会为你摇旗呐喊的。

跟南川的一切告过别，心里最想告诉的那个人却听不见。

出国之后再回来，也不知道是什么时候了。

这晚，我出了门，想把这座生活了十几年的城市再安安静静地走上一遍。

跟麦子一起喝过酒的斗西便利店，和他一起被"矮冬瓜"追赶过的小巷，上车就可以遇到林北星的 11 路公交车站，沿着路一直往前走还有和她初遇的南川动物园……

以前都没来得及回头看，原来这座城市中的这么多地方，都已经留下了我的回忆。

还有沿街盛开的凤凰花，以及属于海边城市的清冷月光，以后应该都很难再见了。

沿着路灯一直走，最后不知不觉竟然走到了林北星家门口。

房子里传出电视机混着一家人吵吵闹闹的声音，林北星好像在和她哥哥吵架，听上去，她哥还真不一定能吵赢她。

真好。

我仰头看着楼上那扇开着的窗，心想，林北星，你一定要永远这么幸福地生活下去。我要去实现自己的梦想了，如果你知道，你也一定会为我感到开心吧。

第二天我在收拾行李的时候，看到自己高三这年整理的笔记本，突然又想起那天林北星在成绩榜前和展宇说的话。

她想和展宇一起去北京。

如果和展宇在一起就是她的梦想的话，那我好像也应该为她的梦想做点儿什么，就像她曾经那样坚定地鼓励过我一样。

接下来几天我没去学校，我在家摊开课本，把每一个科目的重点、难点都整理了一遍。想到距离高考还有不到两个月，时间紧迫，我怕林北星来不及全部看完，除了在笔记旁边加上一些通俗易懂的注释外，我又在必看的重点前都画上了星星。

星星，不管什么时候，都意味着它是很重要的存在。

一连几天都在家整理这些，再抬头时，外面不知道从什么时候起又下起了大雨。

我拿起雨伞出门，准备趁着现在林北星还在学校，把这些笔记送到她家。

都已经决定要走了，也没必要让她知道这些笔记是谁写的了。

今天的雨下得格外大，被雨淋透的红色花朵在这样的阴天里显得有些落寞。

我抱着笔记本走到林北星家街头拐角的时候，听到有人叫"麦子哥"的声音。

我猜是麦子又在帮雷哥收债。虽然之前答应了不会教育他，但这次，我出国前确实还有一个关于麦子的心愿。

拐过弯，我才看到麦子他们一群人把一个人堵在了林北星家门旁。

笔记本今天是送不了了。

我装作不认识的样子，从麦子身后撑伞经过，却听到他和那人说："听说你有个妹妹。雷哥已经放话了，再不还钱，明天就找人绑了她。"

我一下就明白过来，林北星遇到麻烦了。

第二天，我把麦子约到我们经常去的良山大排档，麦子以为我约他出来吃散伙饭，看我一脸严肃，还以为我是舍不得走了，于是开玩笑说："怎么了，不想走了？不想走咱就不走……"

直到我把手机里林北星的照片递给他看，他才完全愣住。

"这个人，该不会就是……"

我点头。

麦子很聪明，不用我说他就明白了我的意思。我平时总是跟他提起的林北星，就是林大海的妹妹，也是雷哥要他绑了的那个人。

紧接着，我才从麦子口中了解到，林北星她哥欠了雷哥的钱，一直没还，最近甚至为了躲债藏起来不见了人影，雷哥急了眼，这才想要拿林北星去威胁她哥还钱。

其实只要林大海出面把这笔债还上或者主动自首，林北星就不会有危险。问题是，麦子现在也不知道林大海到底在哪儿，而且就算他出现了，他还不上钱，林北星一样会有危险。

我和麦子商量了一下，觉得现在最好的办法就只有林大海去自首。

"如果林大海自首，你会不会被牵连？"

我问麦子，毕竟麦子也是当事人之一。

麦子反倒无所谓，说："我就是个听安排办事的，而且……"麦子喝了口酒，继续道，"这样每天打来打去的日子也过够了，没啥意思。"

终于听到他说这句话了，这也算是对我一整天忐忑不安的心情仅有的一丝安慰。

我和麦子决定先不把这件事告诉林北星。麦子知道林大海的电话，拿我手机给他发了短信，说：去自首吧，否则我们全家都有危险。

短信发出去之后好一阵子，我和麦子就这样什么也不说，看着手机屏幕安静地坐着，焦急地等待林大海的回复。但那条短信就像石沉大海一般，我和麦子一直等到天黑，等到海滩没了人，大排档都要闭店了，也没有等到林大海的回复。

他不会自首的。

这一刻我脑海里只有一个想法——林大海不会自首，那接下来林北星每时每刻都可能会遇到危险。

麦子试着安慰我，但我一个字也听不进去。

"我不能再等了。"

"别闹。"

"放手。"

我仿佛又一次回到了初中那年林北星被困在大火里的时候。

无法冷静，不管不顾。

就算麦子和全世界都骂我是个笨蛋也没关系，我就是没有办法接受自己像现在这样看着她身处危险却什么也做不了，只是没用地把命运交给未知的等待。

如果真这样的话，那我才是全世界最笨的笨蛋。

我可以保护你的，林北星。

这一次，我一定会跑得快一点儿，再快一点儿，不让你有任何危险。

　　回家后，我把自己这些年攒下来的生活费数了数，离林北星她哥欠的二十万元还差得很远。

　　我又给我妈打了电话，说想把他们之前给我存的学费取出来。

　　我妈甚至没问我要钱干什么就答应了。我又一次觉得自己真的真的很爱他们，虽然因为爸妈工作的原因，我总是要一个人独自生活，虽然相隔千万里，但有他们在我身后，我真的很幸福。

　　林大海果然没去自首。一直到我把二十万元凑齐了，帮他还给雷哥，林大海都没有出现过。

　　"这么做值得吗？"

　　麦子还是不理解我为林北星做的这些事情，尤其不理解的，是这些事情我从头到尾都没有让林北星知道。

　　值不值得的，无所谓了。

　　反正从一开始我做的所有事情，都不是为了要让她知道。

　　喜欢一个人不是一定要对方回应自己的，我也从不希望将来哪天林北星回头看到我，朝我走来的原因只是因为感动。

　　感情是最不讲道理又最纯粹的。喜欢就是喜欢，没有值不值得，没有目的，这样我们的喜欢才会变得有意义。

　　我真的是个笨蛋。

　　麦子无奈，但也知道拿我没有办法，只好说："反正你出钱，你说了算。"

　　事情总算告一段落，林北星可以安全地参加高考，开心地和展宇一起去北京了。而我，也要到地球上另外一个没有林北星在的地方去实现自己的梦想了。

去机场的路上，我听着一架又一架不知道要飞往哪里的飞机从头顶掠过的声音，心里想着那句一直没敢跟她说出口的话：林北星，我喜欢你，星河流转，也一直喜欢你。

再见了，林北星。

这一次，我真的该和你，和那个不曾认识我的你，正式告别了。

我已经做好了和这座城市说再见的一切准备。

进机场前，麦子的电话打了过来。

明明之前是他自己说见不得分别的场面，不来送我的，现在后悔了吧。

我接起电话："怎么了，麦子？"

"出大事了！"

麦子说话的语气很急，我心里瞬间就慌乱起来。这个大事一定和林北星有关，不然麦子不会这样着急无措地打电话给我。

果然。

"老雷狮子大开口，问林大海要五十万！之前你还的二十万根本不够！现在他们又在找林北星呢！"

麦子一口气讲完，我只听见了他说他们又在找林北星。

林北星有危险，我不能出国了，我要去保护她。

林北星，你看，到最后我还是没有办法放下你，自己一个人离开。

麦子在良山大排档等我一起商量这件事该怎么办，但事情再次陷入了僵局，我们想不到办法。上次我还可以勉强凑出来二十万元，但这次是五十万元。而且就算给了五十万元，谁又能保证老雷不会再次狮子大开口？

明明已经到了六月，但海边的风却没有一丝暖意。

麦子也着急了："你比我聪明一点儿，有没有想出什么计划？"

我摇头："没什么计划。"

最靠谱的办法就是林大海自首，但他已经跑了。现在只能尽可能地，让星星家安全一点儿。

我长叹一口气，把自己画在笔记本上的林北星家街区分布图拿出来给麦子看，边说边指："星星家那个街区比较老，我们只要守住这个口，还有这个口，其他就没有问题了。"

我知道这个办法听上去很笨，但确实是我现在唯一能想到的可以保护林北星安全的计划。

"唉，算了算了，不用这么麻烦。"

麦子好像有了办法，挠了下头，认真地说："我去直接告诉老雷，林北星要出国了呗。"

"这不行吧？"

我第一反应是这个办法有些危险，但麦子很肯定地告诉我，他说的，老雷一定会相信。

按麦子的说法，这几年他跟老雷干得还行，老雷对他也算得上不错，所以他说的话，在老雷面前管用。

"那试试吧。"

毕竟，我们也没有其他更好的办法了。

但在这件事情彻底解决之前，我还是想让麦子配合我，用刚才说的笨办法一起守护好林北星。我不能完全放心地拿所谓的聪明去赌林北星的安全。麦子同意，答应会和我一起保护林北星。

"解决完这件事，你也要走了吧？"

确定好接下来的计划分工，麦子突然开始有些伤感。

他这个人，就是嘴硬天下第一名。

我点头。

等到这件事情结束，我也没理由继续守在林北星身边了。而且，这件事情发生之前，我本来也是准备好了要带着自己对她的喜欢默默离开的。

麦子问我："就这么走了，不会遗憾吗？"

我知道他是在说我和林北星。怎么会不遗憾呢，但也许遗憾才是世间常有的事情吧。不论我如何加快步伐向她奔去，总是会偏离航线，最后，也没有找到与她的任何一点儿交集。

这天，我和麦子在海滩坐着聊了很久，聊过去，聊现在，聊未来，聊到不知不觉海面上已经从入夜后的黑蓝泛起了银白，这才起身一起回家。

第二天，我和麦子按着计划，一大早就守在了林北星家的街区路口。我站在她家巷口拐角处，看着她买饭回来安全回到家，才走出来长舒一口气。

起码，今天早上的林北星也是安全的。

麦子那边一样风平浪静，他从另一个路口过来安慰我，说："放心吧，昨天警察刚来过，小飞他们不会轻易冒这险的。"

安慰完，他还不忘再吐槽我两句："没见过你这种人，出钱又出力的，还怕对方知道。"

"她早就不记得我了。"

我往回走，心里想的是我应该让林北星知道什么呢？如果一定要让她知道的话，那我想让她知道的事情可太多了，但事实是她连我是谁都不知道。

"再说，她都有喜欢的人了。"

我没必要，也不应该再打扰她的生活。

麦子看我失落，试着建议道："你们好学生就是磨叽，喜欢不喜欢，问问就知道了。"

麦子做事简单直接，感情也是。当初追求高歌他也这样，在学校门口等她放学，明明知道她是为了气她爸，却还是溜进我们学校把年级办公室的玻璃给砸了，麦子喜欢一个人的时候，恨不得让全天下都知道他喜欢她。

我很羡慕麦子，因为我做不到像他这样。

明明已经决定放手了，我现在还是想林北星能安全度过高考，实现她……和展宇的愿望。

"好男儿志在四方！"

麦子从口袋里掏出一个拍立得相机，换了个话题，说："给你看个好东西。我借了这个小玩意儿，咱俩合个影。等十年后再来看，说不定到时候，你就成为那个什么……"

"无国界兽医。"

他和林北星一样，记不住这个专业名词。

"对，无国界兽医，"麦子说，"我呢，就一定是个名震江湖的大哥了！"

麦子说着，一只手搭上我的肩膀，另一只手抬高，把相机举到我俩面前，很快，一张小小的拍立得照片就出来了。

照片里，我和麦子都是笑着的，麦子的红色头发有些抢镜，但说到十年后，我们的眼神里都有光。

"把你拍得挺帅的。"我夸麦子。

麦子也不谦虚："那可不。"

我笑笑。

这阵子因为林北星家的事，我几乎没有像现在这样可以放松下来的时候。

麦子还在看手里的照片，可能是真的被自己帅到了。

我们沿路往前走，麦子开口说，等林大海的事结束，他也要走了。

我有些意外，又不意外。

这次的事麦子瞒着老雷帮了我，以后他也不好再跟着老雷了。而且，麦子之前也说过，这样的日子过久了，没劲了。

我心里其实是开心的，麦子本来也不应该被困在老雷给他的一片泥泞里。他还有广阔天地，值得更好的未来。

　　"咱俩以后再见面估计就难了，这张照片，就当，做个纪念。"

　　我安慰他："别伤感了。"

　　他反过来说我："谁伤感了，我又不是你。"

　　我又笑了，口是心非。

　　麦子把照片拿手里反复看了几遍，说："要不这张照片就写2020年吧，到时候你要还记得我，咱俩喝一杯。"

　　嗯。我点头。

　　我答应他："我会记得这个十年之约的。"

　　我真的会记得的，那些说过一定要记得的人，我从来不会忘记。

　　再过十年，二十年，五十年……我都会一直记得他们，麦子是，林北星也是。

第七章

◀ 我看向你的时候, ▶
你没有看我

林北星还在南川的事情最后还是暴露了。

麦子打电话说老雷知道了林北星还在南川，这两天又加了人手，让麦子带着正在四处寻找林北星。

"不过你也别太担心，他们暂时还不敢轻举妄动。"麦子安慰我，"就是接下来要更辛苦你一点儿了，注意安全，这边有什么事情我会第一时间告诉你。"

老雷知道了林北星还在南川，就意味着他知道了麦子之前是在骗他。

"谢谢你，麦子。"

电话那边沉默了许久，我才听到麦子轻笑一声，说："谢什么呢，你可是我最好的兄弟。你要实在想谢我，等这件事彻底解决了，记得请我喝啤酒。"

只有我一个人了，现在能保护林北星的，就只有我一个人了。

如果这件事不尽快解决，就连麦子也会有危险。

放学后，我不放心林北星自己一个人走，就跟她一起坐上了11路公交车。

林北星习惯上车后直直地走向后排靠窗的位置坐下，我看了眼她旁边的座位，是空的。我停在车厢中间位置，抓紧扶手，用余光注意着她，犹豫了很久也没敢坐过去。

之前好多次放学时我也这样，明明在公交车的空位上坐下是一件再正常不过的事了，但因为我的思前想后，我的紧张和忐忑，反而令这一切充满了刻意，令我无法迈出那一步。

人一旦在心里给某件事加了特定含义，做起来的时候就会不知所措，心生负担。

公交车每站都有人下车，也不断有人上来。我跟林北星一路坐到南川动物园，然后跟在她身后，装作不经意地往动物园里走。

我怕她回头看到我，不敢离她太近。但事实证明我想多了，一路上，她一次头都没有回。

到了烟火大会现场我才知道，林北星是为展宇来的。

我差点儿忘了，有林北星在的地方，就能看到展宇。

麦子发短信告诉我，老雷让他和小飞带人往烟火大会这边来。

烟火大会现场人很多，我的目光一刻不敢从林北星身上移开，生怕自己一个不留神就再没机会看到她了。

整点的时候游乐场有烟花表演，人群开始往那边涌去。

林北星拉着展宇一起，我被人群推着一点点朝她靠近。好在人潮很快停下，我隔着两排人，站在林北星看不到的地方，和她一起等待烟花燃放倒计时。

林北星笑起来还是和从前一样，透出无忧无虑的快乐。

烟花盛大，绚烂夺目。

林北星在看烟花，我在看她。

我听到她跟展宇说："快许愿哪，对烟花许愿很灵的。"

展宇看着一脸不信的样子，但我信了。我站在林北星身后，看着烟花虔诚祈祷，请让林北星永远这样健康快乐，平平安安，可以和她喜欢的人在一起。

接下来的烟火大会的套圈比赛，林北星拿了第一名，我看着她脸上因为拿下第一名而开心、骄傲、毫无保留的笑容，这一刻，我更加坚定，自己这段时间所做的这一切，都值了。

林北星从书包里拿出来一个盒子，抱着跑回来找展宇，我猜想应该是送给他的礼物。难怪她今天的书包看上去要比平时鼓了很多。

林北星把盒子递给展宇，展宇没接。她看上去有些失落，但很快就调整好了自己的情绪，继续笑着不知道在跟展宇说着什么。

旁边有人在打水球玩闹，很吵，我听不清她的话。只看到没一会儿，展宇就黑着脸走了，剩林北星一个人。

她应该很难过吧，但我却连一个可以走过去安慰她的身份都没有。

紧接着，我就看到老雷的人来了。林北星还不知道自己有危险，从展宇走了之后就一直站在原地发呆出神。

太容易暴露目标了，我得提醒她。

情急之下，我从旁边捡了个水球，想都没想便朝她直直地丢去。

水球落在林北星身上，开出了花。

"谁呀！"

她听上去很生气。也是，莫名其妙被一个陌生人砸了一身水，确实应该生气。

我跑过去跟她道歉，顺便侧身挡住她，这样就可以不被老雷的人发现了。巧合的是，这会儿也不知道是谁的水球砸了过来，落在我身上，林北星以为我是在帮她挡水。

我真谢谢那个朝我丢球的人哪，不然还不知道该要怎么才能跟林北星解释我这突兀又没有礼貌的一切。

老雷的人还没走远，我问林北星要不要擦一下身上的水，想带她换个安全的地方。但林北星还是很郁闷，甚至懒得和我这个陌生人计较，丢下一句"不用了，扯平了"就独自离开了。

对不起呀，林北星。

我再一次远远跟在她身后送她回家，心里想的是，对不起，林北星，我也没想到后来我们仅有的交集，竟然被我搞得这样尴尬。

第二天下午，学校通知高三年级到教学楼前拍毕业合影。

我很早就跟着班级队伍一起出来站好了队，然后目光便开始在不断往这边走来的学生队伍里寻找林北星。

我有些期待，这是我和林北星的第二张合影。

不过，大概率也会是最后一张。

上一张还是十一年前春游那次，学校在动物园拍的集体照。

那时候我和林北星刚认识，拍照的时候两个人站的位置也不远。这次……我看着队伍另一边的林北星，觉得我们之间遥远得像是横跨了一整条无法逆流的时空星河。

拍照的时候，林北星和展宇前后站着，看上去她已经不再为昨晚的事感到郁闷了。

年级主任站在前面举着喇叭调整队伍，杨超洋被点名问为什么穿了秋季校服，他说自己的夏季校服全都洗了，年级主任让他把外套脱下来，杨超洋好像有点儿开心，脱下之后大家才发现，他里面穿的竟是一件长袍大褂。

这个杨超洋我记得，高一的时候我和他同班。校园艺术节那次口琴演奏排练，也是他说的林北星要给隔壁班演大树，建议把班级节目换成他的单口相声表演。

当时还以为他就是随口一说，没想到高中三年，他真的把对相声的热爱坚持了下来。

队伍重新调整好后，年级主任才回到中间留给老师的那排座位上坐下。

"我说'三二一'，大家说'茄子'，好不好？"

摄影师调整好镜头开始准备拍照，林北星他们班突然又起了小范围的骚动，有人在开她和展宇两个人的玩笑。

我转头看过去，摄影师刚好按下快门。

糟糕，也不知道有没有被抓拍到。

不过就算真的被拍到应该也……没什么关系吧。反正再过几年，大家看到自己的高中毕业照时，也不一定会记得张万森这个人是谁，更不会在意他为什么在按下快门的瞬间转了头。

能知道我有多嫉妒展宇可以和林北星站在一起拍毕业合影的，只有我自己。

毕业照拍完之后，学校又给大家留了点儿时间自由拍照留念，我看到林北星拿着手机追着展宇拍合影，她反反复复换了好几个角度，好像怎么都拍不够一样。

很快就是高考了。我心想，再坚持一下，再坚持一下，林北星很快就可以实现她和展宇一起去北京的梦想了。

晚自习，难得老师没有安排写不完的试卷和作业。有风透过窗吹进来，懒洋洋的，给人一种说不出来的放松感觉。

班主任刘嘎来班里查班，转了一圈之后，发现大家都有些紧张疲惫，又站讲台上手撑桌子往下环视一圈，清了下嗓子，开始给大家加油鼓气。嘎子喜欢文学，从他当班主任第一天开始，便时不时和我们分享他的人生理论。

"同学们，马上就要高考了，老师有几句话，想最后再跟你们交代一下。首先，一定要记得带好自己的考试证件和文具，工欲善其事，必先利其器。其次，今晚大家还有时间根据自己的情况查漏补缺，但最重要的是利用这段时间来调整好自己的心态，这场考试你们已经准备这么多年了，要相信自己。还有就是，高考固然很重要，但人生道路很长，将来我们要面对的考试还有很多种很多场，学习是一种考验，感情是，生活也是，我们要把高考看成自己走向未来的第一步，而不是仅有的一步。所以老师在这里祝你们每个人都可以金榜题名，也祝大家将来的每一步都无怨无悔。"

说到动情的地方，嘎子自己先红了眼，班上同学也都认真听完，没有打断他说话。以前是那么殷切地期盼着高中时代的结束，但这天真的到来了，大家又是那么不舍得与它挥手告别。

大概，人总是在自己即将失去的时候，才明白曾经拥有的有多珍贵。可惜时间不会为了我们定格停留。

有"你好"就会有"再见"，有相遇就注定有离别。

第八章

我是张万森，你还记得我吗？

高考前一天，正处雨季的南川，难得又有一个晴空万里的好天气。

下午就不再上课了，学校安排大家按准考证号提前去熟悉考场。

走廊里，老师在一遍遍确认那个座位号是"01"的考生有没有来。

我靠在一旁的柱子后面，看着林北星开心地朝展宇的考场跑去，然后吸了口气，默默撕掉了自己手里的座位号——"01"。

虽然放弃参加高考是之前就已经决定好了的，但真的看着林北星又一次奔向了和自己反向的未来，心里还是会忍不住感到难过，就像这张准考证被一点点撕开的感觉一样，不知道该从哪里开始让它重新愈合。

高考第一天。

早上，林北星还没出门，我就听到她家楼上有人在喊："几点了呀祖宗！今天是高考知不知道，平时胡闹也就算了，怎么高考还想迟到了上社会新闻哪?!"

是林北星妈妈的声音。

一阵短暂的热闹声响之后，我看到林北星背着书包不情不愿地和她爸妈一起出了门。

林北星想自己走，她妈不放心地吐槽她说自己走错了考场都不知道，她爸话少一些，一路上就憨憨地笑着，趁机插两句话，做个和事佬。

自己一个人住久了，我挺羡慕林北星他们一家子这样挤在一起吵吵闹闹过日子的。

很快，第一天考试就结束了。

当天最后一科交卷铃声一响，我便站在学校门口对面的家长中间，目不转睛地往里看。人潮汹涌，我认真地看着每一个从学校里面出来的学生，生怕自己会错过林北星。这个不是她，下一个还不是她，我焦急地等待着林北星的出现，等到后面学校里的人都走得差不多了，我才终于等到林北星跟在展宇旁边，说笑着从里面走了出来。

林北星没事。

我长长地吐了口气，而且看样子她考得还不错。

林北星在学校门口跟展宇说了再见，便自己往公交车站走，我也拽了拽书包，调整好呼吸，默默跟在她身后上了车。

可能因为今天高考，车上人不算多。林北星上车后还是坐到了后排那个靠窗的位置上。我本来也是和从前一样停在了车厢中间，但突然不知道为什么，这一次，我真的很想试一次，鼓起勇气坐在林北星旁边。

如果我坐过去，她会觉得奇怪吗？

如果她问我是谁，那我就告诉她：你好，林北星，我叫张万森。

如果她什么都不问也没关系，能和她坐一起静静地吹着车窗外溜进来的风回家，也可以。

毕竟高考结束之后，我们应该不会再见了。

遗憾的是，在我好不容易下定决心转身朝她走去的那一刻，有人急匆匆地从前门上车，脚步一刻不停地走到了林北星旁边坐下。

你看，这么简单的一件事，我努力了三年都没做到。最后，也只能继续沉默地站在原地。

高考第二天，又是一个阴云密布的雨天。

不只南川，好像每年高考这几天，全国各地都会下雨。老人们常说鲤鱼跃龙门，挺神奇的。

虽然下了雨，但校门口的人比昨天只增不减，毕竟今天过去，此刻正在考场上奋笔疾书的那帮人的高中时代也就真的落幕了。

我撑着雨伞在学校门口等林北星出来的时候，掏出手机编辑好了短信：我是张万森，你还记得我吗？高考结束了，祝你高考顺利！

这次真的是最后一次机会了吧。不管她还记不记得我，不趁现在高考结束，大家都忙着告别的机会说出口，以后就更没机会联系了。

我掐着时间，等到交卷铃声响了之后，按了发送键。

发完再抬头，我就看到林北星从考场出来了。

她没带伞，把书包顶在头上，浑身都湿透了，急忙往公交车站跑。

林北星好像每次下雨天出门都不记得带伞。

这一刻，我多希望自己可以勇敢一点儿追上去，帮她撑一把伞。

但我没能这么做。

公交车很快就来了。林北星在中间靠窗的位置坐下，这一次，我终于鼓足了勇气轻轻走过去在她身后坐下。我们前后排安静地坐着，我有些紧张地抿了下嘴，不敢大声呼吸，眼睛直直地看着车窗外的大雨，以及玻璃上映出的我和她一前一后的影子。

林北星湿透的发梢还在断断续续往下滴着雨，一如我手里的黑色雨伞。

这一刻，我多希望公交车可以就这样一直地往前开下去，没有终点。

但很快，我们就到站了。

林北星下车后，和刚才一样将书包举过头顶，急匆匆地往家跑去。我本来在车上的时候都已经决定了，下车要撑伞送她回家。可我又担心街上有老雷的人，不得不走在她身后观察着周围。

对不起呀，林北星。

下一次，如果有下一次，我一定不会让你像现在这样无助地淋湿自己。

　　果然，走到林北星家门前那个路口时，老雷的人就来了。

　　我想跟上林北星确认她安全到家，可那些人跟得太紧，很快就追了上来。

　　我听着林北星一声接着一声的敲门声，心里急坏了。

　　"妈，我回来了，快开门。"

　　"妈，怎么还不开门哪？"

　　眼看着那群人马上就要追上来，林北星家的门还是没有开。

　　最后我只能丢下雨伞，掏出书包里的外套披在头上，装作林大海的样子慌张下楼，想骗那群人跟着我离开。

　　这样，林北星就安全了。

　　下了楼我拼命往前跑，雨水迎面砸在脸上，很快就模糊了我的视线。

　　不撑伞才发现，原来今天的雨，有这么大呀。

　　林北星刚才……一定很冷吧。

　　我拼命跑上灯塔，给林大海发短信：如果你不想林北星出事就来灯塔，这是最后一次机会，我陪你去报警。

　　其实来的路上我就报警了，如果林大海按着短信来了，那正好就是警察拘捕老雷他们放贷涉黑的人证；如果他不来，有人报警，老雷他们接下来一阵子应该也不敢继续胡作非为。

　　下雨天的海面上灰蒙蒙一片，看不到一点儿生机，只有灯塔顶端的灯永远亮着，为海上漂泊的船只指引方向。

　　老雷他们很快就找到了我。

　　我应该害怕的，但当我真的面对他们的时候，我才发现自己一点儿都不害怕。

　　直到老雷问出"你就是那个麦子不愿意透露名字的朋友是吧"，我才紧张起来。

"打死都不愿意说出你的名字。"

"你把他怎么样了？"

麦子果然有危险。

"没怎么样，"老雷说，"他当初出卖我的时候，就应该想到有什么后果。"

这件事，我不应该把麦子牵扯进来的。

"林大海欠债还钱，天经地义，没有必要殃及家人，我已经把他叫过来了，你们可以在这儿说清楚。"

"就凭你？"老雷不屑，"就凭你呀？小兔崽子。"

我调整语气，让自己更有气势一些，反驳他："如果说凭我不够的话，凭警察可以吗？警察已经在路上了。"

听到"警察"这两个字，老雷神色变了。

很快，塔下就响起了警车赶来的声音。

老雷气急败坏，抓住我往死里打。其他人都劝他赶紧离开，他却什么都听不到一样，只顾着朝我发泄。

很疼。每一拳落在身上都很疼。我甚至根本没有机会还手，脑海里想的都是麦子也是这样被他打的吗？如果今天被抓的是林北星，他们也会这样打她吗？

不可以，我不允许也不接受身边再有人受到伤害了。

任凭老雷怎么踢打，我只死死抱着他的腿不松开，只有他被抓了，林北星的危险才可以彻底解除，麦子也能离开南川去做他真正想做的事。

雨，越下越大。

身上疼得厉害，脑海里却思绪翻涌。

想到之前看到的一首诗歌《孤独》，诗里写：从童年起，我便独自一人，照顾着历代的星辰。

原来是真的，自很遥远的过去开始，森林就注定了要守护星辰。

想到我还没来得及告诉麦子：把头发剪短了吧，你的红色头发真的不好看，换个发型，一定会更帅气。还有，去当兵吧，如果这是你的梦想，那没什么难的，因为，实现梦想本来就不是一件容易的事。

想到高歌，不知道她还有没有继续跟高叔叔吵架，也不知道她今年会不会顺利被美院录取。

想到十年后的林北星，不知道那时候的她过得怎么样，如果有机会，也很想看看下一个十年，我们都在过着什么样的生活。

……

警车鸣笛的声音停了。

快了吧，我在心里告诉自己再坚持一下，等到警察上来，就都会好的。

手机被老雷打掉滚落到一旁，我用仅剩的一丝力气努力够到它，然后把草稿箱里那条存了三年的"我喜欢你"发送了出去。

这一刻，林北星应该已经收到了吧。

我好像真的已经快要没意识了，只觉得后背传来一阵剧烈的疼痛，然后我便看着灯塔的光在我眼前消失，变得越来越远，最后只剩模糊到几乎看不见的一个圆点。

看来，这一次真的要说再见了。

林北星，很抱歉还没来得及说"你好"，就以这样的方式说了"再见"。

如果有机会，希望下一次见面，我能鼓足勇气和你说一句："你好，林北星，我叫张万森，好久不见。"

那时你一定会觉得很意外，不过没关系，我会告诉你："我认识你。很久很久以前，我就已经认识你了。"

林北星，我喜欢你。星河流转，也一直喜欢你。

还有，那把落在你家门前的黑色雨伞，下次下雨记得带上，别再淋湿了。

2023年6月1日 雨

　　下雨了，想起呆林北星早上出门的时候又没带伞。

　　不过没关系，反正不管她在哪里，我都会找到她，为她撑伞。

　　林北星，祝你儿童节快乐，希望你永远像个孩子一样开心、快乐，在我身边。

Shining for One thing

林北星
张万森

我们很好，
你也要很好。

2023年11月11日 雪

　　今年初雪来得比较早，这是我和张万森一起看的第三场初雪。

　　此刻，张万森就在我身边，很开心。

　　我也很开心，好像一到下雪天，人们就会从现实世界短暂逃离，变成孩子，沉浸在一片浪漫的童话世界里。

　　张万森，祝你冬天快乐，今天快乐，明天也快乐。

　　以后，我们一定还会一起看很多很多场初雪吧。

张万森
林北星

Shining for
One phin

扫码即得
"张万森"告白语音